消失的艺术

〔西〕恩里克·比拉 - 马塔斯 —— 著

施杰 李雪菲 —— 译

人民文学出版社

PEOPLE'S LITERATURE PUBLISHING HOUSE

著作权合同登记号　图字 01-2017-5626

Enrique Vila-Matas
SUICIDIOS EJEMPLARES

Copyright © 1991 by Enrique Vila-Matas
Published in arrangement with MB Agencia Literaria SL,
through The Grayhawk Agency.
Simplified Chinese edition copyright ©
2018 Shanghai 99 Readers Culture Co. Ltd
All rights reserved.

图书在版编目(CIP)数据

消失的艺术/(西)恩里克·比拉-马塔斯著;施杰,
李雪菲译.—北京:人民文学出版社,2017
ISBN 978-7-02-013520-2

Ⅰ.①消…　Ⅱ.①恩…　②施…　③李…　Ⅲ.①短篇小说-小
说集-西班牙-现代　Ⅳ.①I551.45

中国版本图书馆 CIP 数据核字(2017)第 270722 号

责任编辑　卜艳冰　欧雪勤
封面设计　高静芳

出版发行　人民文学出版社
社　　址　北京市朝内大街 166 号
邮政编码　100705
网　　址　http://www.rw-cn.com

印　　制　上海盛通时代印刷有限公司
经　　销　全国新华书店等

字　　数　88 千字
开　　本　787 毫米×1092 毫米　1/32
印　　张　8
版　　次　2018 年 10 月北京第 1 版
印　　次　2018 年 10 月第 1 次印刷

书　　号　978-7-02-013520-2
定　　价　48.00 元

如有印装质量问题,请与本社图书销售中心调换。电话:010－65233595

消失的艺术

〔西〕恩里克·比拉-马塔斯 —— 著

施杰 李雪菲 —— 译

人民文学出版社
PEOPLE'S LITERATURE PUBLISHING HOUSE

著作权合同登记号　图字01-2017-5626

Enrique Vila-Matas
SUICIDIOS EJEMPLARES

Copyright © 1991 by Enrique Vila-Matas
Published in arrangement with MB Agencia Literaria SL，
through The Grayhawk Agency.
Simplified Chinese edition copyright ©
2018 Shanghai 99 Readers Culture Co. Ltd
All rights reserved.

图书在版编目(CIP)数据

消失的艺术/(西)恩里克·比拉-马塔斯著;施杰,
李雪菲译.—北京:人民文学出版社,2017
ISBN 978-7-02-013520-2

Ⅰ.①消⋯ Ⅱ.①恩⋯ ②施⋯ ③李⋯ Ⅲ.①短篇小说-小
说集-西班牙-现代 Ⅳ.①I551.45

中国版本图书馆CIP数据核字(2017)第270722号

责任编辑　卜艳冰　欧雪勤
封面设计　高静芳

出版发行　**人民文学出版社**
社　　址　**北京市朝内大街166号**
邮政编码　**100705**
网　　址　**http://www.rw-cn.com**

印　　制　**上海盛通时代印刷有限公司**
经　　销　**全国新华书店等**

字　　数　**88千字**
开　　本　**787毫米×1092毫米　1/32**
印　　张　**8**
版　　次　**2018年10月北京第1版**
印　　次　**2018年10月第1次印刷**

书　　号　**978-7-02-013520-2**
定　　价　**48.00元**

如有印装质量问题,请与本社图书销售中心调换。电话:010-65233595

献给宝拉·德帕尔玛

目　录

旅行，失去国度

几年前，摩洛哥菲斯新城的墙面上开始出现一种神秘的刻痕。后来发觉，刻划者是一名流浪汉，这位外来农民尚未融入城市生活，为向自己指引方向，不得不将内心秘图的旅行路线标注在现代城市的形貌上；对他来说，后者陌生而充满敌意。

写作这本针对陌生而充满敌意的生活的书时，我的想法是，采用与菲斯的流浪汉相仿的方法，即为了确认自己在自杀迷宫中所处的方位，将我内心文学秘图的旅行线路标记出来，期待它能与如此吸引我最爱角色的路径相合，也就是萨维尼奥在《密闭的忧伤》中描述的那位罗马人：他旅行，最初沉溺在乡愁里，随即被幽默的悲戚侵袭，于是他寻找起诙谐的静谧，最终——"有本事就制止这个将自杀夹在扣眼里行走的人吧。"瑞冈特[①]如是说——他果敢自尽，体面赴死，仿佛在激越中抗议愚蠢，不愿黯然消解在流年里。

"我为认识我的地理而旅行。"世纪初，一个疯子在法国一家精神病院的墙上写下了这样的句子。这令我想起佩索阿[②]（《旅行，失去国度》），便仿写道：旅行，失去自杀，悉数失去它们；旅行，直到在书中穷尽现存于世的所有尊贵死法。而后，当一切结束，让读者逆着菲斯农民的路径而行，携带着些许测绘学的疯狂，扮演奥皮奇努斯的角色：这位四世纪初的意大

[①] 雅克·瑞冈特（1898—1929），法国诗人，达达主义者。其作品经常围绕自杀主题，他也在三十岁时开枪自杀。——本书注解凡未特别标明，均为译者注。

[②] 费尔南多·佩索阿（1888—1935），葡萄牙诗人、作家，葡萄牙象征主义的代表人物。

利神父热衷于解译地图的含义，将内心世界投射其上——他只描绘地中海海岸的形状，不时将方向相反的同一地形覆盖在上面，再画上他生命中的人物，写下他对任何题材的意见和看法——即是说，任读者将内心世界投射到这张道德之旅的文学秘图上——它于此诞生，却已然自杀。

死于萨乌达德 [1]

那时我九岁，为防无所事事，我给自己找了份新活计：探寻那些发生在家庭与学校之外的事件，任凭好奇心在我心中滋长。那是突如其来的对未知的追猎；未知，或称街头王国，也等同于我家所在的圣路易斯大道。

傍晚，我不从学校直接回家，而是在大道上段磨蹭一会儿，看行人熙来攘往。父母八点才到家，我可以在放学路上耽搁近一个小时，

---

[1] 葡萄牙语词汇，意为"怀旧情绪，对已失去的人或事的渴望"。

这是我每天最快乐的时候，因为总会发生些什么，从不像另一个世界那样波澜不兴，哪怕鸡毛蒜皮的小事对我来说也已足够：哪位胖阿姨跌了一跤；再比如，海湾之风吹走了谁的草帽——可够倒霉的；爸爸狠抽儿子一个大嘴巴子；维纳斯影院女售票员在公然行恶；基督徒从穆斯林法官处进进出出。

街道夺走了我在家自习的一个小时，要补回来也简单，我缩减了晚餐后的阅读时间，以至于某一天，圣路易斯大道的魅力大到让我一分钟都没给那些经典著作剩下，换言之，大道完全取代了小说的地位。

那天我斗胆，十点才到家：晚餐时间，分毫不差。我被街头的一个不解之谜攫住了。一位女士在维纳斯影院前疑怯徘徊。我起初以为她在等她男友或丈夫，但当我略微走近，发觉——无论是从穿着还是她遇人便上前攀谈的行为方式——这是个女乞丐。当时的我已读过不少故事，我似乎在这乞丐身上见到了一位被黜女王的威严。但那只是一时印象，我很快回归现实，她也变回为那个世俗的流浪汉。我本想给她我唯一的一枚硬币，却见她从我身边走过，并未讨要钱财，想必是发现了我的真实身份：穷鬼小学生。可一转眼，她又跟小露丝——老师的女儿——要起施舍，还在她耳旁嘟哝了句什么，吓得女孩快步离开。我再度经过她身边，女乞丐又一次忽略了我。而后来了个衣装笔挺的男人，她同样二话不说将他放过。但当稍后一位妇人出现时，乞丐几乎是扑了上去，摊开手掌，对她耳语起那句神秘的话——妇人也加快了脚步，显然受到了惊吓。又过来个男人，她再次无动于衷，不说也不求，任他经过。而当杂货店员何塞菲娜到来，她边讨钱边抖出那句秘语，何塞菲娜也加紧了步伐。

很明显，她只和女人说话，但她说了些什么？又为何只针对她们？接下来几天，这个谜让我无心学习，不愿躲藏在伟大小说的荫蔽里。可以说我变成了这么一个人：在街上闲逛不够，还把这习惯带回了家。

"最近你游手好闲的在干吗呢?"有天我妈问我，打小她就给我灌输业精于勤的观念，面对我的变化，她尤其警醒。

"解谜。"说着，我猛地关上了厨房的门。

次日，海湾之风比往常更强劲，几乎所有人都躲在家里。我不。我学会了热爱街道、热爱风暴，如我的乞丐一样热爱它们。遽然间，仿佛这共同的爱拥有制造事件的能力，一件始料未及、着实惊人的事情发生了。一个女人经过，女乞丐立即上去攀谈，并将那句骇人的句子道予她听。女人怔了怔，弯起嘴角，似乎有些惊异。于是乞丐又补充了两句。待她说完，女人塞给她一枚硬币，平静地离开了，就像什么都没有发生过一样。

人生中总有一刻会教你永远战胜羞怯。我

意识到那一刻来了，于是上前问那个女人，乞丐对她说了些什么。

"没什么，"她说，"一个小故事。"

语罢，她像被海湾之风催促着，拐过街角，从我的视野中消失了。

第二天我没去上学。下午六点，我从维纳斯影院门前走过，穿着我妈的衣服：黑色纺纱罩衫、蓝裙子、大红皮靴、宽大的白帽子。我涂了口红，还在脸上点了雀斑，眼睛得煞圆，像两盏探照灯。生怕这样的伪装还不足以让那乞丐上钩，我又背上一个斜挎包，左手拎了一大袋吃的——没有瓶瓶罐罐，所以不太重，里面有小面包、咖啡粉、两条羊排和一包杏仁。

走到乞丐那儿，我朝她微笑。她当即发出一阵刺耳的笑声，眼仁都顶了出来。尽管看似矛盾，那谵妄的眼神却像有磁性一般。我听人说起过疯狂女神，我觉得现在她就站在我跟前。

"我们都是无所事事的人。"她对我耳语着，摊开了右手。

她掌心里有一枚古旧的钱币，是早已被弃用的。同样久远的是她赤脚的节奏。我愣在那儿，而她继续说道：

"对我们来说，这辈子是不是真的太长了？那就听听我的故事吧。"

风拍打着我的脸，我发现我的双腿在颤抖。风带回她狰狞的笑声，我感觉那谵妄的、带有磁性的、镜子般的眼神正试图支配我。我扔下挎包，抛下食品袋。我不想听了。我不想听什么故事。

我拽下靴子，落荒而逃。全速逃离是因为我顿时醒悟：适才我清晰见到的，正是那摧残着城市街道的灾祸的面容——我父母称呼其名时总会放低声音：海湾之风——它将多少人搅动。

回到家，我飞速换下衣服，畅快地吃了点心——好几天没吃了——七点整，我已在埋头自习。我告诉自己，接下来要回到非常忙碌的状态；做完功课，用过晚餐，我要以与此前相同的热情投入到小说的阅读中——记得那一个个冬夜，它们曾让我辗转反侧、欲罢不能。但我没法集中精神，因为我知道，在外头，在窗户另一边的圣路易斯大道上，令人毛骨悚然却又勾魂摄魄的，风——海湾之风——仍在全力呼啸。

那会儿我很少抱怨，不像现在，总发牢骚。有时我会想，不该抱怨那么多。说到底，我过得还不错。我还年轻，尚有能力——或余力——画些朝花夕拾的东西，在绘画界也有点名气。我老婆漂亮又聪明。我想去哪儿就去哪儿。我爱我的两个女儿。总之，我很难找到理由不幸福。但我不幸福。我走在这里，走在冷温室①中，自觉像个流浪者，自杀的念头不时

_____

① 指位于里斯本爱德华七世公园里的一个植物园。

袭击着我；在里斯本，这座坐拥无数优美跳楼地的城市，我的目光谵妄如同幼年时的女乞丐，今早醒来时，我坐在酒店房间的阴暗角落里哭泣。

在这座距家千里的城市，一早我哭着醒来，不知为了什么。或许是为了那幅从很久以前便抗拒着我的画，我每每提笔，却总无法完成，它让我想起赤脚的节奏，维纳斯影院前女乞丐的古老的节奏；那之后的一周，惊魂未定的我在伊莎贝尔——来接奥拉西奥·维加放学的女佣——身上再次见到了它。我记得很清楚，女佣穿着全套制服，却把鞋拎在手上，仿佛一场疲累的宫廷舞会刚刚散场。她像是在模仿我的女乞丐，抑或仓皇而逃的我——我因海湾之风逃走时亦把鞋子抓在了手中。

所以我记得她，记得那么清晰，却画不下来。她总能用她脚丫古老的节奏顺利溜走。也许正因如此（我没法为占据我的不安找到另外一种解释），我在冷温室中忧伤地漫步，自觉像个流浪者，企图拨开无情侵扰着我的诱惑，那纵身一跃的诱惑。

我如流浪者般行走着，不时在玻璃上见到自己流离的形廓，一边对自己说，生命在生命中遥不可及，生命低于自己太多。此外，人绝无可能得到它的全部。成为大人太可笑了。竟有人说他此生圆满。为什么否认呢，万般皆空。至少给我留个念想啊，让我去完成那幅拒我于千里之外的画作，画里，伊莎贝尔一身制服，在学校的绿茵操场上蹦跳，和着如我们漂泊侧影般古老的节奏。

我不该骗自己。事实上，我什么都没画。我什么都没画过。我根本就不画画。我从没画过一幅画。我确实还年轻，老婆漂亮又聪明，我想去哪儿就去哪儿，我很爱我的两个女儿，这一切都是真实的，就像我从没创作过哪怕一幅画。也许正因为如此，我在加雷特街上忧伤地漫步，自觉像个流浪者，勾勒着（只在脑中，且从未完成）那些童年的回忆。我想，若奥拉西奥·维加，我的朋友奥拉西奥——他现在应该坐在办公室里——见到我的话，他会哈哈大笑：从小学时代起他就老说我什么事都完不成。

"连儿童画报都读不到底，"他说，"我看你开始的事情，就没有哪件能够坚持到最后的。"

他的意见不无道理。连试图反驳的那句话我都没能说全。奥拉西奥总让我肃然起敬：这是个多智老成的孩子，说出来的话好像大人。一天傍晚，我望着从校园一角探出的月亮，听他说道：

"你在逃避完整。"

我不知道他在说什么，但这并非新闻，当奥拉西奥谈起他的祖父——一位英勇的船长时，我同样满头雾水。每次讲起祖父的故事，他总会使用一种隐晦错综的语言。由于大部分时候都听不明白，我常会想起自己的祖父：他只是个财政审计员，喜欢在中午喝点开胃酒——一个普通人，不似奥拉西奥的那位，在千百次战役中与死亡擦肩。

他的话我几乎没听懂过，但我极力掩饰，好让他不至于发现我和他不在同一水平上。我不愿失去这个朋友。所以那个下午我才如此紧张——那天放学，他当着伊莎贝尔和几个同学的面，指责我逃避完整。他公然这么做，让我不禁怀疑自己被发现了，而这就是对我不懂装懂的惩罚。

我告诉自己，这是我俩的私人问题，与伊莎贝尔和嬉笑的同学们（所有人似乎都站在他那边）无关。我决定尾随其后，说不定哪一刻（不太可能，但试试也无妨）他只身一人，我便可上前说出对他行为的不满。不知不觉，我跟着主仆二人向他们位于圣路易斯大道顶端的家走去。幸运的是，确实有几分钟他单独在那儿。趁伊莎贝尔转进洗衣店（如今这家店是我的了）、将他留在街上的当儿，我悄无声息地靠上去，冲他鼓鼓囊囊的书包狠踹了一脚。我也不知道该说些什么，只想恐吓恐吓他：

"你才逃避完整呢。"

我举起双拳。尽管不排除出其不意的因素在初期给我带来的优势，我想着，他迟早会反应过来，抽我一个大嘴巴子，或只是还我一个轻蔑而漠然的表情。但他没有。在我面前的是一个陌生的奥拉西奥、轰然崩塌的奥拉西奥。好像我的无心之语触动了他最深最痛的神经，他低着头，比任何时候都更悲伤也更老成。这是种奇怪的感觉，因为，看见这个早熟的孩子因我的话而受伤，我领悟到，有些话看似空泛，却不友善，有些话在无意中就带上了攻击性。接下来的几天，我更加确认了这一点，因为奥拉西奥不停用他祖父的冒险，他在马来亚、中国和波利尼西亚的奇遇烦扰我，无疑是在报复。我怀疑所有这些叙述都隐含着挑衅，是在告诉我，他祖父做到了圆满么？但那句让他大受触动的话语又蕴藏着什么意义？他的故事总有个无情的结局，一段相同的话，像在催人询问，而我对此却置之不理。

"我祖父生命的最后几分钟，"奥拉西奥说，"是他本就壮烈的生命中最壮烈的几分钟。"

"在那几分钟里发生了什么呢？"我理当这么问的。但我没有。他祖父的战役带给我太多的煎熬。而我不提问题的决定却收到了反效果：每次我这么做，他总会用他祖父的另一段轶闻再度袭击我。终于我失去耐心，那天傍晚，我在学校唯一那个四角小院截住了他，说道：

"够了，到此为止吧。若你的目的是想折磨我，那你成功了。不如我们做个了断。告诉我你祖父是怎么死的。他的生平我都能背下来了。现在你就说说他最后的那几分钟吧。"

"你真想听？"他问道，投来一个骇人的眼神，仿佛在这个只能呼吸到深深憎恶的院子里，我（尤其是我，从来不能成事的我）要求他完成那幅画卷，完成他敬爱祖父一生的履历，是种罪过。

我努力与他对视，直到那一秒，他的声音变得出乎意料地哀痛，他告诉我，他祖父临终前的那段日子，瘫痪成了他的大敌，一个周日，当所有人都去了教堂，他经过几分钟的艰难努力，终于将他步枪的枪管塞进了嘴里，用右脚大拇趾终结了自己的生命。

这是我第一次听闻这种间或会发生在人类身上的行为：自杀。我记得它留给我最深的印象是：一种孤独的举动，远离所有人的视线，仅实施在暗影与寂静中。

我记得，那天，我们俩——奥拉西奥与我——沉浸在静默中，像是在追念那些于所有人视线之外实施了孤独罪恶的人，唯一的圆满——自杀之圆满——的认知者。我还记得，那座小院荒弃着，如四方形的永恒。

我在一个四方形的房间里，木头泛着光泽，像古董家具般坚固。周围都是长凳。墙上有镶了框的布料店、干洗店和理发店的广告。我看见其中缺了一张，一定是哪个不着调的家伙把它撕了下来。我很难受：显然，我的愿望再强烈，也不可能读到正在这个房间里升起的所有诱人讯息。我在圣胡斯塔升降机里，我知道登顶之后等待我的是什么。我会来到一个宽敞的露台；眼前是壮丽的景致，澄蓝的空气包裹着下城。可就连这样的景致都称不上圆满（看不到完整的下城），一部分视野被红色的金属网遮挡住了：那是露台围栏的延展，其高度使自杀成为不可能——在里斯本，人太容易被跳楼所诱惑。

　　我想到刚才洋葱田里怀着萨乌达德的人们。沉溺在过去中的孤独者充斥着这座城市。他们坐在观景台或码头的公共座椅上——设置者正是市政府——沉默不语，望向天际，似在等待什么。日复一日，他们以令人钦佩的坚持，回首旧日，静坐守望。他们忧郁惆怅，心怀感伤。现在我想着他们，一边对自己说，太可笑了，我为什么要悲戚地走在这里，我还年轻，名下的连锁洗衣店生意兴旺，我老婆漂亮又聪明，我想去哪儿就去哪儿，我喜欢的女人都喜欢我，我很爱我的两个女儿，我壮如钢铁，不，我不该走在这儿，走在卡尔穆广场的蓝花楹中，被儿时的回忆所占据，留下一条淡淡忧伤铺就的无尽航迹。

我记得那天，小学门口停了辆大型的汽车，车主是位不存在的父亲——他们从来都这么说。敞篷车的红色皮椅在阳光下熠熠生辉。奥拉西奥的父亲叫我看花了眼：高大的身材、栗色帽子、墨镜、条纹西装、真丝领带、骄傲的胡子，尤其是，还真有这个人。据奥拉西奥一贯的讲法，他父亲早已在贝兰达消失了。

他又出现了，奥拉西奥这样告诉我。"来剿灭一个敌对的帮派。"他给出一个扼要的解释。

我越来越难以相信他了，但我宁可不说。千万别弄错了叫人笑话。更糟的是，那样就永远上不了那辆宽敞的豪车了。

接连两周，父亲每天都来接儿子放学。伊莎贝尔的赤脚被敞篷车与红光锃亮的真皮座椅所取代。面对这个身着黑手党式条纹西装与系着真丝领带的壮伟的父亲，我心中只有崇拜。

父亲以坚定刚毅的步伐踏过了第一周，而第二个礼拜，他从周一开始就显得犹疑畏怯。是日，我们都注意到了那个陌生人的存在：距敞篷车稍远处停着辆摩托车，骑手是个寸头白人，一双凸起的碧眼紧盯着敞篷车的行动。发现探子，我们当然得过去骚扰；周二，我们甚至爬进了他的侧斗；到了周三，可想而知，他忍不住了。

"是不是要给你们点颜色看看。"他举起拳头，声音凶悍而暴戾；我总觉得他有贝兰达口音。

那天，奥拉西奥终于请我登上了他父亲的敞篷车，是他们送我回的家。从后座看出去，圣路易斯大道不一样了，像是穿到了另一个维度。那位父亲全程无话，却时不时从后视镜中看我，紧接着便压低帽子。在一个红绿灯路口，维纳斯影院的门前，他点燃一支烟，自顾自地大笑起来。车开到我家时我还有点害怕。他下了车，为我打开后门，周到地向我脱帽致意，以我始料未及的客气口吻说道：

"再会，先生。"

我猜这是位操心的父亲。次日，我将他的举止归结为那辆摩托车，于是传播起这样的流言：一个来自贝兰达的帮派想要绑架奥拉西奥，他父亲每天来学校是为了保护他。

"你不该宣扬这样的蠢话。此外，根本就没有什么贝兰达。"周五时，奥拉西奥这样跟我说，我只觉得他神色异常，像是遇到了劫难，平日里的幽默感也荡然无存。

那是我最后一次见到奥拉西奥的父亲。下一个上学日，那个单数年一月的冰冷的周一，校门口没了敞篷车，没了摩托车，什么都没有。属于贝兰达的一切统统消失了，只留下角落里的伊莎贝尔，一脸萎靡，像患了流感，两脚都穿着鞋。她走向奥拉西奥，对他耳语了些什么，当场就将他带走了。

次日清晨，下着暴雨，我们从教堂大门走进学校。周二有必修的晨祷。正是在那场弥撒上，讲道台上的人告诉我们，奥拉西奥的父亲也叫奥拉西奥，四十岁，已不再属于这个世界。他死了。逝者安息。

"再会，先生。"我默念道，在胸口画了个十字。

还记得那天，雨下个不停。关于那场死亡，校园里流传着各种说法，却都一样令人不寒而栗。殊途同归的是，它们都提到，那位父亲听从了死亡的感召，从圣路易斯塔的最高处跳了下去。

是教写作的老师——一个冷血易怒的男人——将其余细节告诉了我。这个学校里，没有哪位老师能够唤醒我的热忱，而其中最可恨最糟糕的，就是这位暴脾气的写作老师。他可以借一件鸡毛蒜皮的小事大光其火，用最恶劣的词汇把我们骂个狗血淋头。我去找他正是受到了那份深切反感的驱使。我觉得，要询问那个残酷的真相——不为其他同学所知的真相，他才是最合适的人选。他颇以作恶为乐，在我身上，他看到了天赐的良机。殊不知，我接近他的目的并不单纯，而是有直觉作为指引：跨过他这道门槛，我一定能进到那种情感之中——它或许异常强烈。

他告诉我，两周前，奥拉西奥的父亲刚从疯人院出院。他被允许取回早先在加拉加斯购置的汽车，但须时时处在观察之下，好确定他是否完全摆脱了海湾之风的影响。摩托车上的监视者正是那位给出最后裁定的大夫。而从最后发生的事件来看，裁决中唯一可以确定的就是，奥拉西奥的父亲恪守着悠久的家族传统，将海湾之风改换成了自杀。

"我并不乐意，"写作老师说道，"去回顾你朋友奥拉西奥家数不胜数的自杀记录。它完全真实，却像编造出来的一样，无人采信。以这家的自杀史为蓝本，你永远写不出一个有说服力的故事：有太多的枪声、坠楼、服毒、以自己之手铸造的死亡。"

并不乐意，但他还是做了，回顾着一张张讣告，列举着那些接二连三的灾祸：叔叔亚历杭德罗，奥拉西奥父亲的弟弟，在狩猎中杀死了他最好的朋友，心如死灰不知如何继续生活的他装病入院，将窃取来的氰化物一饮而尽；奥拉西奥母亲的妹妹，克拉拉阿姨，在打开煤气之前不忘致信法官，称直接导致她自杀的正是对生命的渴求；克拉拉阿姨的女儿，表姐伊莲妮，急欲成为空中飞人，最终选择在圣路易斯塔实现她的致命三周跳——作为她无畏品格与纯熟技巧的集中展示，并于几秒钟后摔死在大道前段冰凉而坚硬的沥青路面上；和她相比，奥拉西奥父亲的那一跳显得实在业余，准确地说是朴素，但无疑更快更干脆，也许是因为，他撞击地面的愿望超越了一切。

写作老师带我回顾奥拉西奥一家的骇人历史已是三十多年前的事了，但我仍能从骨子里感受到那天的震颤。现在的我走在去往圣卢西亚观景台——绝佳的跳楼地——的路上，对自己说，那是我领略过的最接近革命的东西，而当时的我尚未完全察觉，它已改变了我的生活。我想，若吾友奥拉西奥——他背叛了自杀的宿命，如今正坦然坐在办公室里——此刻看见我如流浪者般晃荡于此，一定会放声大笑，问自己是什么隐秘的力量让我代替他上演他家族的悲剧，把我变成这么一个凄楚的、总守着浅浅忧愁的人——他们说，乡愁是化开的哀伤——每当我回想起那些日子的领悟：生命在生命中遥不可及，生命低于自己太多，唯一可能的圆满即是自杀之圆满。

但我不会跳下去的，奥拉西奥。尽管攻过来吧，我回到了童年时的念想，我旧日的乡愁。随着我离圣卢西亚观景台越来越近，过去与现在似乎达成了和解，我似乎没有在时间中后退，倒是要消除它了。我会静坐守候，这个城市里会有属于我的一张椅子，你们每天黄昏都可以在那儿见到我，沉默不语，望向天际，抱着萨乌达德，等待那已然在我眼中勾画出的死亡。我会正襟静候，不论天长地久，面朝里斯本无尽的蓝天；我明白，与死亡更相配的，是庄严守望中的淡淡的哀愁。

来电兄弟募集中

　　我不知道等待我的是什么，但不管怎样，我会笑着向它走去。

　　　　　　　　——斯塔布《白鲸记》

　　几年前那个四月的下午，我还叫门波·莱斯梅斯，一个初出茅庐、有了上顿没下顿的无名演员；我迷失在圣安非罗德格兰萨拉郊野的迷宫里，却撞见一栋被野生植物环绕的大宅——奈莫别墅。门上没有闩锁，我轻松闯了进去。这是栋弃屋，但在我眼中代表着这个词最广泛的含义：它不仅被主人抛弃，也抛弃了自己。我着了迷，于庭院中漫步良久，想象这栋宅子如何在暗夜中自捐于命运。我兴奋异常；在一处四处透风的走廊中，我暗自许诺，若哪天我成名了，要做的第一件事便是买下这栋房子，将它改造成我最爱的居所。

数年后，我在电影界大获成功。在《黑人的衣箱》中饰演的一个次要（但真的很感激）角色将我直送星途。我在齿间滚动牙签的动作震惊了地球。自从我经纪人狡猾周到地让我改名为布兰迪·芥末，鲜花与掌声便伴我一路。我应邀主演《穆斯塔法的情人们》，这部喜剧不仅为我打开了星光之门，也在一夜之间彻底改变了我的生活。我最大的成就要属《青年布兰迪的滑稽录影》，这部电视剧在六十年代的荧幕上大放异彩，如今也与我所做过的其他事一起，堆垒在我最为屈辱恼人的遗忘中。

为我不可阻挡的上升之势做出极大贡献的是本人瘦得夸张的滑稽外形（人们笑我是因为

我走起路来就像叶随风动似的），但正是这副体格，在不久之后，悲剧地站到了我的对立面。我买下奈莫别墅，整饬花园，修缮房屋，开出个大游泳池，于每周五组织火爆的派对；圣安非罗德格兰萨拉郊外，男男女女如蝴蝶般飞来飞往，穿梭在碎语、香槟与明星之中。每逢周五，圣安非罗果园总会运来成箱制鸡尾酒用的柠檬与蜜柑；周六从后门离开时，它们已成了一堆空壳。我曾女友成群，跳着博莱罗，勾着黑美人，唱着情歌，但灾祸就埋伏在快乐花园最亮堂的角落：不知不觉，我开始自我放逐。这栋房子与肥胖之间似乎有什么隐秘联系，我日见臃肿，而当我意识到的那一刻，任何节食都已阻止不了这无可逆转的鼓胀、我悲哀的变形。就这样到了六十年代的最后一个周五，我又回到原点，孑然一身，成了个"笑果"尽失的无耻胖子，一个完全陌生的布兰迪·芥末。

"已经有段时间了。脂肪都让你看不见森林

了。"那天，经纪人这样警告我。

"什么森林？"我问道，佯装不知其所云。

"哎，差不多就行了啊！你就说说，都多久没有人找你拍片了？"

我已赚到不少钱，所以没片拍我并不紧张。我反而担心另一些事，比如我的女友们突然不见了——值得引起警觉，我派对上的宾客也日渐稀少。我没有理解的是，这一切，这一切的一切，都是紧密相连的。

"还有你告诉我，"我经纪人步步相逼，"为什么别人不找你，即使找你也都是些破烂角色？你觉得是什么原因？"

"唔，"我说，"大概跟我多出来的这些重量有关？"

"你还大概！"

穆尔德男爵在一旁听着——毫不掩饰，寡廉鲜耻——此时也加入了谈话。

"我们布兰迪这胖啊，"他推了推他的单目

眼镜，"可称得上是肉的丰碑、肥的榜样、人类柔软之楷模。"

可以想象，他说这些话是因为他比我还胖，但我同时感觉到，因为某个无法确知的理由，他在奉承我，以博得我的好感，好从我这儿攫取什么。

我的猜想没过多久就得到了证实。一小时后，我再度在花园中遇到了他。他向我谈起他的祖先，穆尔德与罗伊格——他家族的两支，他们曾在奈莫别墅居住，并在此遭受了各种不幸。他有些醉，话多，恐怖主义者似的耸人听闻。根据他说的全部（包括那个不合时宜的提问：他祖先的幽灵是否还在我家中游荡），我可以得出那个唯一而清晰的结论：奈莫别墅会给它所有主人的生活蒙上一层不祥的阴影。所以我很讶异：当晚告别的时候，他竟然向我询价。

"布兰迪，我的朋友，"他说，"实话实说吧，作为胖子的您在演艺界是不会有未来的。

为什么要自欺欺人呢？观众就是想看瘦的您。我知道您离破产不远了，所以想拉您一把。把奈莫别墅包括潜艇一起卖给我，然后去旅行吧，周游世界。"

我正想问他潜艇的事，他的单目眼镜跌落在地。我本欲帮他捡起来，却见他一脚将它踩扁，大发雷霆。随后，他踉跄几步，如跳怪异的踢踏舞，在草坪上摔了个狗啃屎。我瞬间怔住了，因为看见男爵俯面跌倒，我从心底产生了一股谜样的冲动、一种不可遏止地想要翻个筋斗的愿望，在这场不管怎么说都令人昏睡的派对的末尾，我要与男爵合演个节目。

"听我的吧，"男爵清醒点了，站了起来，"把房子卖给我。是朋友才这么和你说。"

讲完这句，他在我肩上重重拍了一下，消失在夜色里。在我身边，我的经纪人仿佛还没从惊讶中恢复过来。

"太棒了。简直太棒了。"他评论道，"你

有没有看见他踩烂眼镜时有多优雅多好笑？这男爵是个隐藏太深的高能喜剧天才。要是你还能恢复原来的身材——可惜我觉得这永远都不可能了——你俩定能组成电影史上数一数二的拍档。"

"你不会想说……"

"为什么不行呢，我说的就是荧幕上那些奇妙的二人组，他们能将全部潜能发挥出来，正是因为——怎么跟你解释——他们各自拥有神奇的力量，能激发出潜藏在另一个人体内的电能，或令它大大增强——所谓来电兄弟，这么讲你明白吗？"

"行了，行了，"我边敷衍边同两位旧相好道别，她们已成了闺密，"你说的不是老瑞和哈迪吧？"

"就是他们，还有阿伯特和科斯特洛。你的瘦和男爵的胖有很大的概率能组成相当成功的一对。可不幸的是，如今你变这样了，你的搭档就必须具备与男爵大相径庭的身形。我正想跟你好好谈谈这事呢。"

他将我拽到花园角落游泳池边的一张长椅上。眼看旧情人一个个离我而去，嘴角挂着最艰险伤人的微笑，我接过经纪人递来的那本影集：上面全是瘦瘦的演员，若我跟他们组成拍档，或许还能拯救我的职业生涯。

"最好的解决办法不是叫男爵减肥去吗，减成一根面条就好啦。"我调侃道，因半夜三更与女友们的嘲弄游行感到身心俱疲。

"随便你吧。"他走了，撂下这么一句，同时用表情告诉我，我之后的任何决定他都不会再参与。

但第二天早上，我的经纪人似乎经过深思熟虑，想要给我最后一次机会，他再次出现在奈莫别墅，拿着那本瘦演员影集。

"瞧瞧这个。"他将其中一位指给我看。

"再瞧瞧那个。"我仍旧把这一切当作玩笑。

但这并没持续多久，接下去的日子，我尝试与其中许多位搭戏，结果是完完全全的灾难。见举国上下竟无一名演员能与我组成来电的搭档，我们决定在报纸上刊登启事。同样一无所获。于是我经纪人暗示，或许那演员身在外国，抑或（我的毁灭自此而始）他根本就不是演员，这样就得去街上找了，准确地说是街路道巷，全世界的街路道巷。

"得穷尽所有可能。"他告诉我。这样的一句话让我远赴千里，甚至去了香港，只为追随一名瘦子——最终证明，此番指望再度落空。当我已对寻找拍档一事不抱期待，经济状况岌岌可危之时，是我母亲——愿她安息——为我指明了道路。

"在兰德尔路上，"她说，"有家与街道同名的书店，那营业员骨瘦如柴，一张看上去欠打的脸，姓跟糕点似的，叫胡安·莉安尼莎，说不定就是你要找的那个人。"

几小时后，胡安·莉安尼莎——黑色的头发马桶似的套住黝黑的脸颊，无聊的神情中带着些神秘——就站在我面前。适才我问他要了本《神曲》，此刻他发现我在上下打量他。他也没去找书，而是和我做着相似的动作，也就是说，细细观察着我，以特别令人不适的眼神，而后说道：

"您是老早那个布兰迪·芥末吧，是不是？"

"老早"二字激怒了我。

"那你呢，"我回应道，"你从老早开始就什么都不是，这才是最糟糕的。"

"噢，不会吧，我简单品评一下，您就激动了？"

我讨厌"品评"一词；我盯着那张欠抽的大脸，这个装腔作势、狂妄无礼的书店店员。我愤怒地瞪着他，在心里问候他全家，而他面不改色。骤然间，一件奇异的事发生了。他终于决定去找那本《神曲》，望向书柜（说实在的，上头没几本书），将侧面对着我。从这个角度看，他的左侧像，竟与我瘦且成功的那段时期一模一样，仿佛发情的草鹭，能让顶顶严肃的死人笑出声来。浑然不觉中，莉安尼莎掌控着我所遗失的笑点，那是真正的金矿、我成功的秘诀。真让我母亲说对了。

"嘿，"我以异常私密的语气对他说，"能不能单独跟你谈谈？借一步说话，懂我的意思吗？有件事你可能会感兴趣。这会儿我看你也没有《神曲》，就随便拿本别的吧，凡尔纳之类的。"

他眉毛一拱，表情瞬间变了，就好像"凡尔纳"一词蕴含着什么重要信息。只听他缓慢而恭敬地低声说道：

"烤饼在热气球里。"

我本应觉得他疯了，或他只是在耻笑我，但不知怎的我立即想到，这会不会是句暗语（还真是，不过不是我想象的那种）。于是我的第一反应是，莉安尼莎发现了我和他之间的诸多互补之处，为此，他即兴编出了一种黑话，只有我俩明白，其余谁都不懂。

"烤饼在热气球里。"我回应道，以为这样便确认了那股将我们聚合在一起的古怪电流，同时相信，这句话已经成了我们刚开始创立的秘密语言的完整的身份证明。

"烤饼在热气球里，八点十分，雅各酒吧见。"几分钟后，我走出书店，胳膊下夹着本《气球上的五星期》。我在雅各酒吧读完了前几章，顺便等着莉安尼莎。他相当准时，来时还戴着墨镜，衣领微微立起。他从远处朝我挤了挤眉，但到了面前，他像不认识我似的，在我左边的吧台椅坐下，展示着他乏味的右侧形象。他点了杯啤酒；当我想着他是不是该问问我叫他来的原因时，他似乎对我毫无期待，只记得那张气球里的饼。

"好了，"他面朝前方，没有转头，对我以"你"相称，"喝完这杯就把饼给我吧。祝你好运，同志。啊，提个建议，好好记住暗号，下回注意。"

所以那真是暗号，但并非我想象的那种。我正处在暴风眼上，某项秘密协议或是间谍活动的中心。我只恨自己没在离开书店时及早消失。我痛斥自己未能察觉，莉安尼莎就是个密谋者，正等待着一条关于凡尔纳抑或热气球的暗语。

当他啜饮着啤酒——买单者应当是我——我掂量着全身而退的可能性，最终决定这么告诉他：由于某种不可抗力，饼得晚二十四个小时才到。我一字不落地说了，我从未见过谁如此错愕地看着我，而后变得惊恐万分。

"我是说，明早就有饼了，你别这样。"我高声喝道，心里极度紧张。

危急时刻我总会这么讲话：切线离脱，要不就杀出条血路。到这会儿了莉安尼莎还不能相信刚才发生的事，而雅各酒吧中的人们却以为，酒精催生了两位陌生人间的友谊；有个醉汉甚至对我们许以微笑，猛拍起手来。我想着，凭借我们反差极大的外形，定能凑成大杀四方的一对。而莉安尼莎仿佛没心思考虑这个，准确地说，截至目前的一切表明，他觉得我在设计害他，不管出于什么原因。

突然，连通两人的奇异电流使我——像热气球抛却了压载——甩掉了忐忑，将它转移到对方身上。于是我安心了——可以说我从未如此平静——决定卸下警惕：最实际的还是放弃欺骗，跟莉安尼莎实话实说。于是我解释道："我去书店是因为我一直在寻找一个能与我搭戏的瘦子；倘能觅到理想搭档，无疑我就能大获成功。"

"所以那理想搭档就是我咯，这就是你想告诉我的？"他的提问强悍而充满猜忌，我都怀疑他是不是想杀了我。

"当然，就是你。我说真的！你得相信我。我对政治不感兴趣。我们之间有个误会，真是这样。我去书店是因为我母亲说，那儿有我要找的人。我找搭档都找到香港去了，我的演艺生涯全指着这个。如今我就剩下奈莫别墅了，那是我家，为了东山再起我把别的房子都卖了。跟我合作吧，做我的银幕搭档，不然我就得落魄街头，连奈莫别墅都保不住了。帮帮我吧，求您了。"

"好好看着，"从他大衣口袋露出个黑色的东西，想必是枪，"瞄着你呢，所以别说蠢话，把啤酒钱付了，然后出去。你走前面，别捅娄子。"

恍如噩梦。我买了单，两人来到街上。莉安尼莎拦了辆出租车，我俩挨得如此之近，腿和风衣挂在一起，绊了一下，双双倒地——我全身的重量都压在莉安尼莎的领带上，他飞速起身，再次举起他的左轮，尽管还晕乎乎的——行人们都笑了，为这出戏鼓掌叫好，这再次验证了我的想法，这就是我的最佳拍档，若非政治与那把该死的手枪在我们的星途上愚蠢地拦了一道，我们本可组成一对来电兄弟。

上车后我才发现，从行驶的出租车里逃脱近乎不可能，考虑到我的身子几乎卡在门那儿，是莉安尼莎连推带踹才将我塞进车里。我们在城市中穿行，来到兰德尔公园附近时，我陷入了深深的感伤。我沮丧地望向窗外，自问是否还能见到这些再三诱惑着我的树。我同样不知道，我是否该与生命道别。在最绝望的时刻我也不曾失去幽默感；我是那种相信人生需要笑对的人，生命本身就由欢笑织成；我们并不知晓在生命尽头等待着我们的是什么，那就笑着前行吧，凄凉但不正经。也许正因如此，我泰然看向莉安尼莎，面带微笑，问道：

"我能不能知道，您想在哪儿做了我？"

我见出租司机强忍着笑。显然——或只是我这么觉得——他从第一刻起就将我们视作一对活宝：不是所有人招车时都会双双翻滚在地。

为掩饰他对我们滑稽节目之喜爱以及他放声大笑的愿望，或纯是为了在他心目中的这场喜剧盛宴里插上一脚，司机清了清喉咙，招呼莉安尼莎：

"抱歉，您之前说的是华雷兹近维拉斯路口吧？"

"我说的是维拉斯近华雷兹路口！"莉安尼莎呵斥道，怒不可遏的样子。我们在一个红绿灯前停下，他从我身上夺走的不安与朦胧隐约的讪笑（我总记起我正处在死亡边缘，这让我觉得十分好笑），令我放胆向他挪了过去。我曾经——现在仍然是个伟大的演员。我上身前倾，斜成个奇怪的角度，下颚外顶，亮出牙齿。我猜莉安尼莎怎么都料不到会有这出。我的脸，平日里软似海绵，此时则坚硬得有如石头面具，起初白得像死了一般，而后越变越红，从颧骨蔓延开去，最终转为黑色，仿佛下一秒就要窒息。我以为莉安尼莎应该受不了这个，说不定就要昏死过去，但事与愿违，他只是一脸愕然地看着我。

"多可惜，我们本可以做黄金搭档的。"说着，我用额头给了他痛快的一击。我全身的重量，包括那张石头面具，都拍在他面门上，莉安尼莎当场不省人事。经过一番艰难腾挪，我下了车，躲进地铁入口的人群里。我回望来路，无人跟随，稍微松了口气。我跳进五号线的车厢，感觉自己正驶向自由——倒霉的我啊，尚不知还有什么灾祸在等待自己。当晚，就在我与经纪人交谈的几分钟后——我的话他一个字都不信——奈莫别墅的电话响了，一个邪恶的声音通知我，他们绑架了我的母亲；若我将此事抑或先前的密谋告知警察，他们会先杀了我母亲再杀我，若是我拿不出百万美元赎金，我就再也见不着活着的我母亲了。实际上，即便我付了钱，他们把我母亲放了，结果也没什么两样，除非我母亲真能回到我身边，可在这种情况下报警的话，我仍旧没法和她待在一起，因为，除损失一百万美元之外，我也将成为死人一个——众所周知，没有哪号死人是与母亲同住的。

我别无他法，只得将奈莫别墅卖给穆尔德男爵。我告诉他，我急需钱开始一次长途旅行。

"我就知道，"他对我说，"您迟早要搬出奈莫别墅。这房子是为我们这样的大家族设计的，而像您，一个不可救药的单身汉，还是该多出去走走，买套实用点的公寓，办派对也别叫上那么大帮人，一女足矣。"他朝我挤了挤眼，我不觉得这有什么意思，"您不这么看吗，布兰迪，我的朋友？"

"我有段时间没有组织派对了，"我不愿多说，"从香港回来后就没再举办过。"

我用男爵的钱付了赎金，他们把我母亲还了回来，可她变了，就像换了个人。我身无分文，只得住进她家，她每天都要拿绑架的事诘难我。

"交友不慎吧？"她说道，"这骗不过我的眼睛。你一定是摊上了什么事，把我押出去了。不然为什么不报警？"

　　解释也没用，我告诉她，万一这是个杀人不眨眼的犯罪组织，报警就给了他们报复的口实，但她不相信我。此外，哪怕我再三重申自己是无辜的，事实也不站在我这边：不断有布列塔尼巫术的还魂者们造访我家，询问关于飞行尸油等奇异物件的线索。我母亲终于忍不住了，剥夺了我的继承权。而出于良心的折磨，她迅速老去，终日在一本红色小本上对窗外经过的每支送葬队伍做着最翔实的记录。当写到第三十三场出殡，第八十或九十条条目时，她死了，极有可能是因为内疚：她以如此不公的方式裁撤了我的继承权，她也明白，此举将让我陷入贫穷的泥潭。生命已不再向我微笑，但我未忘初心，仍向生命展露着笑颜。

　　同时，我爱上街道，成了个有趣的流浪汉：

我装疯卖傻——这为我带来不少收益，人们全都同情我，塞钱给我。我的症状体现在：游遍大街小巷，手执棍棒，鞭笞地面，动作无意义而决绝；我痴傻地伸着脖子，固执地寻找着水泥的不是。我的新生活——包括晚上睡在地铁站里——让我万分满足。一切太美妙了：不用读报，不用忍受我的经纪人，不用接待来访的英国巫师，不时将来自无名流浪汉的一点心意贡献给兰德尔书店。神奇的是，在街头剧场演出真的能养活自己，我在最寻常的布景中上演着一名肥硕演员能表现出的最精致的疯癫。

由于不读新闻，仅同卑微的流浪汉们保持肤浅的接触，我过了很久才知道，一场大火摧毁了奈莫别墅，男爵全家罹难其中。得知消息的那个寒冷的冬日，我对自己说，那起火灾——警方已将其定性为意外事故——极有可能是由英国巫师引燃的，说不定他们混淆了男爵与我。我没法为他做什么，便和另一名乞丐一起祷告了两句，随后，极度好奇的我去了奈莫别墅。我体验着病态的快感：胡子拉碴、衣衫褴褛地走在废墟中，那儿本是我富丽的楼阁，而今徒有四壁，那栋房子仿佛数年前那个四月的下午我发现它时那样，令我心醉神迷。花园正复归荒废，门上无闩无锁，总之，它又一次成了我初见时的那栋弃屋，它如此懂得抛弃自己。

接下来的几天，我惦记着奈莫别墅，一股无法抗拒的电力催促我回去，再次住进那栋屋子里。昨晚我又去了，提前做好了留在那儿的准备。我激动万分；在一处四面透风的走廊中，我笑望着全然疏弃的庭院，决定重新搬进这个家——准确地说，这个家的遗骸。我告诉自己，归根究底，它不仅是我这样的流浪汉的绝佳住所，更是我最熟悉、最感觉舒适的地方；它适合一个人的狂欢，在疯狂对着路面击打了一整天后，这儿是为我的内心举行派对的理想之地。

昨夜，我念着这些，躺回到往日我豪华卧室

所处的方位。或许是我心有所想，或许是酷寒难当（我唯一的毛毯已无力抵御），我久久不能入睡。夜半，寒气将我冻醒，我开始思考用没有烧尽的旧衣柜隔板——我太熟悉它了，它本就属于我——生团热火的可能性。斟酌时，那衣柜似是听到了我的想法，从内部传出了吱嘎的呻吟。我以为那是幻觉，可它持续着，再来是接连的躁动，最后发出一声荡人心腑的哀啼。

"谁在那儿?"我点起一根火柴，没有完全失去冷静。

无人应答。火柴的微光里，衣柜与我熟悉的似有不同，像艘垂直摆放的潜艇，装饰艺术风格的，但此前我也从未留意。我想起男爵在派对上说的，将房子与潜艇打包卖给他；我还记得他问过，先祖的幽灵是否还在屋中横行。火柴烧完了，漆黑的几秒钟，我对暗影产生了些许敬畏，可很快我用另一根火柴打消了这个念头。

"谁在那儿?"我又问了一遍，努力让声线

显得坚定无畏。仍无人应答；但正当我准备继续睡觉，嘎吱声又响了起来。我明白，我必须面对当下情况连同它的一切后果，于是我将世间所有大神小神求过一遍，猛地拉开柜门。

空空如也。里头没有人，什么都没有。我回到床铺，盖上毯子，企图再次入眠。我重新考虑将那潜艇变成一堆篝火时，声音回来了，还伴着响亮的悲鸣。

"别烧我，"只听他说道，"要你真这么做了，我也不会抵抗，但恐怕你是在白费心思。我是个幽灵。"

"谁在那儿？"我重复道，这次真慌了。

"我是你的朋友，穆尔德男爵。这个房间铸造了我在人世的厄运，这栋屋子让我失去了所有的家人，这个衣柜曾保存着我最美的服装，这个家是我的：把它留给我吧。"

我不敢点燃另一根火柴。我不想让他觉得我要烧了那柜子。

"你的声音变得认不出来了，男爵。"我试图重振精神。

"若你能看见我的话，你会发现我的外形也变了许多。大火将我烧成了干瘪的瘦子，每晚杵在这个衣柜里。可惜你见不着我了，不然肯定要笑出声来。多遗憾呐，你活在生者的世界，没法欣赏到我异乎寻常的瘦弱的特殊之美。"

我想向他指出这不合逻辑：既然他已经变成幽灵，自然可随意去到世上最美的地方，为什么还要回到他的伤心地？

"我承认我很蠢，"他说道，"但这让我由衷快乐，包括成为一个倒霉的瘦子。因为我——布兰迪，我亲爱的朋友——有大把的笑料；我无时无刻不在嘲笑自己，我越不幸，就笑得越厉害。"

他大笑起来。若非他已经死了，他一定会当场笑死。

"你笑得也过于正经了，"我告诉他，"都感觉那不是在笑了。瞧我的。"

我展示着应该如何欢快不羁地嗤笑自己，就在此时，我发现了我的笑与他的笑之间有着温柔而强烈的引力。此外，同为倒霉鬼这令人兴奋的一致性——一股同病相怜的电流，将我们串联起来。我们各自拥有的那种神奇力量正激发着潜藏在对方体内的电能，并让它变得更为强劲。

　　我把这些跟他说了，他没有接话。于是我想到，他是否陷入了深深的烦乱。我讲述的一切是无比美好，但必须考虑到，我们无法真正组成来电兄弟，除非我迈出（两人中也只有我能这么做）最重要的那一步——像男爵一样——超脱破衣烂衫，超脱胡子，超脱房间与潜艇，超脱此生。

　　所以此刻，我等待着夜幕降临，男爵返柜。我已做好准备。士的宁 ① 将伴我迈出最后一步。我们将成为电光四射的一对，火速开始巡演，名震恒星宇宙。

------

　　① 一种生物碱，有剧毒。

罗莎·施瓦泽重获新生

杜塞尔多夫博物馆深处，保罗·克利最后也是最隐蔽的展馆，多年前摊到她头上的那个尴尬角落，在一张朴素的椅子上，今早我们看见，雷厉风行的保安罗莎·施瓦泽①偷偷打着哈欠，同时保持着些许警觉，因为几分钟前，夹杂在博物馆庭院的雨点中，《黑王子》中的忧郁王子向她发出了诱人的召唤，请她遁入画中的同时，也送来了昂扬的锣鼓声，它源自罗莎

---

① "罗莎"与"施瓦泽"在德语中分别有"玫瑰色"和"黑色"的含义。

的故土，自杀之国。

我知道罗莎·施瓦泽在绝望地驱散王子的召唤——抛下博物馆、抛却生命的诱人提案；她将目光埋进了《珍珠猪先生》稀薄的玫瑰色里，这是她悉心守护的展厅中的另一幅画，若此时有谁鲁莽闯入，他将遭遇一位果敢的守卫——她会收起哈欠，当即弹起，请入侵者——因警报极易触发——别太靠近黑王子与粉先生。

我说了，罗莎·施瓦泽今晨微微警觉。

是刚刚过去的周一导致了这一切？我想说，是的。昨天罗莎·施瓦泽五十岁了，博物馆周一关门，她有一整个上午来准备她的生日午餐。但从第一刻起，事情就变得复杂异常。她起床时便无精打采，在无色无味的悲哀生活中摸索，像移动的傀儡。而后，虚无又染上了如天气般淡淡的灰。

活着有什么意思。

我知道罗莎·施瓦泽在惊醒时这样叹道，接连两天。与今早不同，昨日她醒来时对于讲过这话全无意识；她为丈夫和两个儿子准备了早餐，三个人保证，尽管是工作日，他们也将抽空回来，围聚在午餐桌旁，欢快地品尝那盘天下无双的乳猪。没有比罗莎大妈——人人都这么叫她——更会烤乳猪的了。

他们都这么叫我，罗莎·施瓦泽心想。她听着庭院中的雨声，却觉得被自杀之国的锣鼓声勾去了魂。

我知道昨天，当她如颓废木偶般醒来，第二桩烦心事便接踵而至，那是大儿子本德的意外脱逃，吃早餐前他说，午饭回不来了，而爸爸也借机请了假，说自己忙得抽不开身，不如把他那份留到当晚。

罗莎·施瓦泽默默地咬着嘴唇，自语道，即便这样，早饭是推脱不了了，都快做好了，但无论如何，午餐都得缓缓，因为有旁的东西危险地横在路上，用力吸引着她的注意。她任视线无目的地在厨房游移，只见与咖啡、奶酪、茶叶、带籽黑麦面包、果酱和肉肠一起的，还有那瓶无色洗涤剂的孤僻心灵——若它有生命，定会如哀伤的傀儡，迷失在同样愁苦的厨房的乏味虚空里。

她想到死亡之易，不该错过这个绝佳的时机，只消两口下去，日常的灰色、无心的丈夫、博物馆里死水般的无聊生活，就将一抹而尽。但当她拿起瓶子，她记起了丈夫的晦气，确切地说是她晦气的丈夫，骤然发觉，在早晨的空气中，独自站在忧郁的厨房里，有什么东西——并不令人厌烦地——正搅动着她的血液。事实上，她丈夫——天天以如此粗鄙的方式背着她与邻居偷腥（那杀千刀的还以为她不知道呢）——的确值得同情，总得她来帮忙，这不失为一个不错的理由——简单却极其重要——让她继续活下去、继续做饭、继续努力，好叫丈夫重获快乐，重新变回三十年前那个晴朗的周日早晨她在霍夫花园结识的迷人男子——那绝不是随随便便一瓶洗涤剂可以抹去的。

在将早餐端进饭厅前，罗莎·施瓦泽喝了杯特浓咖啡，以庆祝自己放走了轻生的良机；她重新审视着厨房，故意忽略了洗洁精的存在——也就是说，她再次看见了咖啡、奶酪、茶叶、带籽黑麦面包、果酱和肉肠，但没有看见——或不愿看见——那瓶该死的洗涤剂。

咖啡近乎野蛮地让她清醒过来，瞬间，仿佛今天博物馆经历的短暂预演，她望见了一位忧郁王子的遥远异乡。咖啡的效力如此之强，她迈着过于轻快的步伐来到饭厅，险些把餐盘打翻在小儿子——可怜的汉斯，他不知自己已病入膏肓——无辜的脑袋上。

可怜又可爱的汉斯，她想着，一边打开了窗。早晨的凉气盈满了饭厅。罗莎·施瓦泽记起儿子的背运，突然产生了跳楼，或确切地说，摔死在邻居家坚硬的院子里的念头：得抓住这无比便利、无可比拟的第二次机会，自绝性命，赢取自由，抛下所有，同这个悲哀而粗俗的世界决裂。但她很快意识到，儿子比丈夫更需要她，这的确是个继续活下去的理由。罗莎·施瓦泽尝了口奶酪，告诉自己：活下去，要好好活下去。

当家中的三位男性分赴职场，她开始换衣服，动作缓慢了不少，许久才准备停当。她细数着前晚长出来的白发，想到要买顶头套戴戴；顿时，她回忆起幼年时见过的那个奇怪的人——辛酸的绝望之下，那男人将假发扯了满地。她不愿那样的事发生在自己身上。当然了，她嘀咕着，不知那男人最后怎样了？还有，假发死了都会去哪儿呢？

她思考着诸如此类的问题，有意拖延着去买乳猪的时间，很晚才出门。正午的空气与色彩在她眼前铺展，凉爽、滋润而清新。她以这温柔的激情反哺着家庭主妇的辛苦，前者——很多时候甚至不被承认——点亮了她们中许多人的心，当她们舔舐着被最世俗的日常生活、最屈辱的家务劳动所吞噬的隐秘甘甜与疯狂，因为说到底——罗莎·施瓦泽心想——没有什么能比见到午餐时分准点端上来的热腾腾的饭菜更让人心生满足。

这是昨天早上罗莎·施瓦泽的想法，但与此同时，与内心最深处的信念相悖，她告诉自己，烤乳猪是可以等的，况且它无论如何都无法在午餐时分做好了，她要耍性子罢工。她的步子缓了下来，将菜转为小火慢炖；炖着炖着，血就涌上了头。盛怒之下，她想做个土豆色拉得了（就她和汉斯俩人，怎么都够了），随后又说，不，不行，她一个菜都不做了，况且汉斯的灾厄也不允许她还在这儿乐观地计划什么色拉，总之，生活要比愚蠢的土豆糟糕许多，她得自杀，对，得自杀去，不能再拖了，反正此刻就在日头下闪闪发光的该死的马路上，只需扑到哪辆车的轮子底下，便可一了百了地告别麻烦的烤乳猪、不忠的丈夫、土豆色拉、餐具与桌布、博物馆早晨的无限烦闷、包菜和生菜、将死的儿子、严格守时的热乎午餐。

找寻着那辆送葬的汽车，她顿时意识到，打从一早，那个乖僻而充满寒意的清晨，就有什么异常炽烈的东西在她心中破碎了，因为仔细想来，这未免太过奇怪：她已多年不曾思考过人生与事物，到最后的时刻，反倒不停在这样做。她估摸着，看见自己脆弱的生命被蒙上一层暗影——这暗影凄凉，同时也在危险地诱惑着她，是否实际上让她感到振奋。换句话说，她的人生，从迈进灰暗的绝望王国起，就矛盾地终于抖擞了些，有点像那种电影，开始是一张黑白照片，镜头定格着、定格着，人们在其中见到越来越多细节，图像也带上了颜色，一段故事悄然展开。所以她的生活是在往好的方向走了——也没走太远，还偷偷摸摸地，但走了总是走了。那为什么还要让轮胎从脸上碾过去，如果她最想做的是要看看未来自己身上还会发生什么——虽然无声无息，但发生了就是发生了？

所有这些构成了又一次放弃自杀的充分理由。为庆祝自己再度做出了活下去的决定，她走进了百货公司；她是去喝茶的，带着终于下定决心做一件迟延已久的事的人的惬意。多年来——从她结婚起，甚至更久之前——她就没独自进过酒吧。因此倚靠在吧台上点茶时，她感觉自己正经历着极度自由的一刻。她十分快乐，近乎幸福，但当茶端了上来，当她眼中的生活晕染成了玫瑰色——酒吧玫瑰色的挂毯是造成她这一印象的部分原因——她注意到一名男子，估计是醉了，在几米远的地方古怪地摇晃；这不知为何让她想起了童年时的那个假发男。尽管数小时前雨就停了，男人还是戴着他深色旧雨衣上的风帽。这会儿就醉成这样了，罗莎·施瓦泽自语着，而过了几分钟，她不无惊恐地发现，他朝她走了过来。此刻她认出了他，心里平静了些，这个人和她住在同一个街区，先前打过好几次照面，人们都说他无所事事，爱在酒吧角落里哭。

"晚上好啊。"男人打着招呼，出乎意料地亲切。他三十岁上下，挺帅的，但苦着个脸。

"您是想说早上好吧。"她回道。

"您也知道，世上只有暗夜。白天的光亮中只发生过一个故事。您有没有听说过那个大清早走出港口酒吧的男人的故事？"

"喂，汉斯，别打扰这位女士。"服务员喝道。罗莎·施瓦泽惊奇地发现，这男人竟与她无药可医的小儿子名字相同。

"没事，我不觉得烦。"罗莎·施瓦泽说，听到这个彬彬有礼的醉汉的名字让她大受触动，况且他讲话时挺有风度，可以说也很清醒，不像是喝醉了的人。

"那男人,"他说了下去,"兜里装了个威士忌瓶,像离港的小船般滑行在轻巧的铺路石上。不久他将投身于风暴之中……"

"啊,我明白了,"她打断他,"现在我明白您为什么戴着雨帽了。"

男子像没听见一样,继续着他奇怪的故事:

"不久他将投身于风暴之中,反复倾摆,狂乱地想要回来。但哪个港口他都无法到达。他进了另一家酒吧。"

"干吗喝那么多呢?"她当下问道。

他翻来覆去思考良久,答道:

"因为现实让人不堪忍受。"

罗莎·施瓦泽讪讪地笑起来。

"这位朋友真有意思,"她说,"难道非现实就好了?"

男人忽就火冒三丈,教养尽失。他开始解释他是个不懈的夜游神,当晚还没睡过,他最喜欢的就是（他特意在此转了个调，以凸显他所谓的智慧）将他玩世不恭的生活方式传授给由苦大仇深的家庭主妇组成的国际切洋葱者联合会中的卑贱灵魂——这帮爱哭鬼。罗莎·施瓦泽可受不了那么多玩笑，况且她记起，这儿唯一的爱哭鬼是他，于是决定不甘雌伏，以眼神与他针锋相对。

"您当我是谁啊？"她说道。

如今她重复着这句话。您当我是谁？但这回她问的是黑王子，他仍在从雨滴中送来她遥远故国——自杀之国——的阵阵锣鼓声。

"您当我是谁啊？"罗莎·施瓦泽再次质问那个无礼的夜游者。

"女士，您确定他没打扰您吗？"侍应生又问了一遍。

"啊！没有！"她脱口而出，不愿因任何缘由中断了她适才复苏的生活的五彩序列。

"对不起，我向您道歉。"夜游者连忙表示，对罗莎·施瓦泽的怒目而视感到惊慌失措；她发觉自己无所不能，因为没有谁——这位夜游者更不可能——曾像她一样，经历过一个如此激越而凶险的上午。一次次行走在死亡边缘，一次次又在最后时刻将深渊抛于脑后，一个早晨她就挥霍了三次机会，三次确然凿凿的自杀机会，这让她感觉无比自信，以至于邀请这个戴风帽的陌生男子与她一同散步。

"成不成？我要做土豆色拉，得去买点东西。"

"成吧，为什么不呢。"他说，没多问，于是她——见同行的提议被无条件接受了——激动异常，也给予了这位陌生人更多的信任，甚至告诉他，近几个小时里她已三次徘徊在自杀边缘。为陈说此事，她花了不少时间，不愿忽略任何她认为意义非凡的细节。

"总之，"结束了半个小时的讲述，罗莎·施瓦泽总结道，"也就是说，综上所述，今天早上，一切对我来说就像新的一样，每一件事我之前都没经历过。"

男人快睡着了。

"喂，醒醒，我们不是说好去买……"她不敢说土豆，"您倒醒醒啊。您不说自己是夜游神么？"

男人揉揉眼睛，去了洗手间，回来时精神了不少。

"真了不起，"过了一会儿他说，那时两人已来到街上，信任已是互相的了，甚至开始以"你"相称，"真够了不起的。哎，我求你件事呗，罗莎，我已经想好了，你刚才啰啰唆唆讲那一通话的时候我就一直在想。我差点就睡过去了，之所以没有，就是想抓住你思想的脉络。现在我已经想好了。你看，反正你一定得答应我，下次你再想自杀的时候，别找洗涤剂，别往邻居院子里跳，钻车底也不行，这样死一点都不美，我说真的。"

"你怎么就知道还有下次？"她问道，有些

讶异。

男人二话没说，递给她一个迷你的威士忌瓶，告诉她，里面装的是氰化物，让她放好了。她更愿意把这当作夜游神的又一个玩笑，便将瓶子塞进大衣兜里。

"需要时，"他说，"掰断瓶口，一口闷了，就那么简单。"

"你也清楚你给我的是威士忌吧，不是毒药。"她亲昵地说，面带微笑。

"我发誓那是氰化物。瓶只是幌子，你还不明白？"他缓缓脱下雨帽，她将这看作是他清醒的信号；一夜迷醉之后，他终于回到现实，尽管现实看上去如此不堪。

下午两点，两人还在路上走着，没有在任何一家食品店或是——他倒是试着劝了——酒吧驻足。他们在不属于他们的街区的石板路上磕磕绊绊，离霍夫花园愈来愈近，远离了每日所见的风景、饮食店与酒馆。他看上去若有所思，特别疲累，几乎快昏迷了，仿佛下个路口就可以睡过去，但当罗莎·施瓦泽说起什么，譬如说，讲到三十年前，她在霍夫花园认识了她那倒霉的丈夫，他仍旧表现出了些许关注。最终，两人在花园门口的一张石凳上坐下来。

"与博物馆的展厅相比，"他说道，"你现在看守着整个霍夫花园。这变化不错。倒是不错。整个霍夫花园……"

罗莎·施瓦泽笑了笑，没有回答，望着花园上方冷漠的灰色天空中云卷云舒。我可怜又可爱的汉斯，她几次三番地想，不知自己呼求的是儿子的名字——她刚刚打电话通知他，妈妈还在理发店，得过一会儿才回去做饭，他可以先拿冰箱里剩下的鸡垫垫——还是另外那个汉斯——他正半梦半醒地陪伴着她，这老实的帅小伙，那么年轻，那么礼貌，风帽的男人，氰化物的男人，让她远离街区，远离家庭，远离儿子的病痛，远离博物馆早晨的烦闷，以及最重要的，远离在她苦涩生命的每个脚印中映出的难以承受的单调。

"说了那么多，"她道，"你还没有告诉我你是干什么的呢，如果你真的有工作的话——老实说我挺怀疑的。"

"我没法工作，"他的语气有些做作，像在背诵一段熟得不能再熟的台词，"我只能喝酒和哭泣。"

"这么说你从没工作过？"

"嗯……有过几次吧，但每次都被干了，我的意思是说被辞退了。现在的我身无分文。有个女孩资助过我，但她后来失业了；最近轮到我父亲，可他的工厂罢工了。所以这会儿……已经没人可以帮助我了。"

"我父亲也有大半生的时间都在罢工。他说这是他最喜欢的事了。"

恭敬的沉默。她想起她父亲，他想起他父亲，一次次困倦地点着头。此地的静极美，尽管这是个哀伤之园，它太过孤单了。覆盖其上的灰色寒空使它变成最冷的风景。伶仃之园，冰封之园。毋庸置疑。

"所以我们同是罢工者的孩子了。"他语带凄凉。没过一会儿，他的头又跌了下去，沉沉地落在罗莎·施瓦泽的肩上。

她不敢叫醒他，仿佛那是种罪过。而后，她揣测着倘若有亲友经过将会发生什么。看见她肩上依偎着一个陌生男人，他们会怎么想？怎么想也无所谓，况且这里空无一人，没有哪儿会比霍夫花园更冷清寂寥——三十年前，就在这里，她度过了此生中至为短暂却浓烈非常的幸福时光。正因为经历过，她才知道，它无法久存。她将那位亲切的陌生人的脑袋从肩上轻轻挪下，搁在这个空寂冰冷的古老花园，任其迷失、沉睡；她独自走上缓慢而痛苦的回家之路。

沿途，那个近乎绝对的确定摧垮了她的灵

魂：她永远无法表达——连暗示都不行，更别提说出来了，她想都不敢想——那转瞬即逝的幸福——她知道自己已触碰到它。这个念头像新生的隐痛伴随了她一路。两个小时后，当她再次置身于自己的街区，原本的担心添上了新的恐惧，她想到，儿子汉斯下午是不用工作的，他说不定没像往常一样跟朋友们一块回来，而是——由于今天情况特殊——早已经在家里，等着从理发店回来的她了。这样的话就很尴尬了，因为他立马就会发现，她并没有理发，而是行踪不明，或更糟糕的——那词甚至还在此处押韵——做了出墙的红杏。生怕被发觉的她走进街道理发店，没时间烫了，只好买了顶极丑的栗色假发。她戴上头套回到家中，所幸谁都不在，只有冰箱里那只鸡的骨头、她可怜又可爱的汉斯留下的残骸。

　　在踟蹰未决的罗莎·施瓦泽心中，很快，独处的喜悦被一种相反的情绪所取代，那就是家中可怕的孤独带来的深深的颓丧感。她走向窗口。天色有些发白，被朦胧的铜绿色侵袭，就像她的记忆，有一层朦胧的白色正在抹去她与夜游者在公园里共同感受到的情绪。辛酸的绝望下，她撕扯起假发，拿起菜刀，想到切腹，不假思索地将肚子划开，以自己的脏腑向那位青年夜游神所鄙夷的——而后他便在遗忘花园中心安理得地做起美梦——逆来顺受却无知无觉的家庭妇女们献祭。她将假发放在冰柜上，一刀将它斩为两半；她越切越激动，越砍越来劲，以至于划拉起厨房污浊的空气。而后，衰弱的她瘫倒在地。不，就是在这样的情况下她也不会轻生。可怜的儿子，可爱的汉斯，晚上他理应吃到热腾腾的晚餐。她起身，将残破的头套扔进纸篓，疯婆子般自顾自大笑起来，啃起那块带籽的黑麦面包。

但当夜幕降临，她可怜又可爱的汉斯回到家，没有想起烤猪，没有问她为何在理发店逗留这么久，没有抱怨冰箱里剩下的鸡，什么都没有，甚至没有瞟她一眼，因此也就没机会看到母亲笤帚似的花发。他只是不情不愿地祝她快乐，请她帮忙缝上两粒衬衫纽扣——这样都没正眼瞧她。罗莎·施瓦泽明白了：她的事，儿子一点都不在乎。

大儿子本德的出现更令人泄气，他不仅不记得乳猪——这点倒和汉斯一样——干脆连母亲的生日都忘了，全无记忆。他只是用烟雾填满大厅，然后打开电视，躺进沙发。罗莎·施瓦泽想猛地关掉电视，告诉这两个家伙，有位夜游者为她打开了无数未知的可能。可她清楚，她永远无法道明那份她适才触及的爱；退一步说，即便她吐露实情，他们也不会听、不会信。

"晚上吃什么？"本德在沙发上问，他总是要求更高的那个。

"死。"她说，"没别的了，只有死。"

寂寥的厨房里，她说得那么轻，他们耳力

不及；他们同样没听到的是，那一刻，一只母鸡被抹断了喉咙。他们听不见是因为，那只鸡正是他们的母亲。她想象着那种情形下的自己：割喉活杀。为了分散注意力，远离几秒钟前再度显现的凶险、充满诱惑的自杀良机，她开始想象别的。拧开煤气，将头塞进烤箱里：恐怖的死法，她对自己说，但这还不是最坏的，若最后她真铁了心将脑袋连同那头枯发充作祭品，她的儿子们大概也不会很快发现，他们仍会在大厅里嚷嚷——每天都一样——可笑地为争夺沙发的地盘而置气。白痴。蠢货。只有当一切完结，两人才会发现他们母亲的头颅——它替代了乳猪的位置，被烤得焦黄。太可怕了，罗莎·施瓦泽心想，一边将那个巨大的诱惑徒劳地推拒。

　　是丈夫暴烈的归来救了她。那不容置疑的进门方式——大门一摔，外加老烟枪标志性的咳嗽——让烤箱的诱惑瞬间消失，因为此时她最想做的变成了：抄起果酱罐拍那负心汉一脸。她得复仇——为了那女邻居，也为了多年来的冷漠与羞辱。这值得她把烤箱的念头暂搁一边，好好欣赏一下丈夫三十年来首次看见她在令人窒息的冷暴力前反抗时流露出的惊恐的表情。但在将罐子掷出去之前，她自语道，先关灯，吓吓他们三个，断电不可怕，她要用自己银鸥般沙哑的嗓音在黑暗中吼出自己的名字。她这么做了，尽管最终她并没有关灯，只是喊了一句：

"罗莎啊啊啊·施瓦啊啊啊泽。"

电视的音量倏地小了，他们再次听到了那个名字，这回它带着飞快而断断续续的余音，近乎窒息，夹着无法遏止的打嗝声。当一切过去，只听她深深地呼吸着，感到特别舒坦放松。

"你疯了吗，罗莎大妈？"丈夫狠狠地拽她的胳膊，"你什么意思？"

要死，这是绝好的时机，她想，我再也不会放过它了。只需激怒他——这易如反掌——

他一定会说出"信不信杀了你"这样的话，这时再给他添把火，他一定会动手的。

"晚饭准备得挺好的呀，"丈夫说，"能不能说说你到底怎么了？"

她抓起果酱罐，冲他的脸扔了过去。脱靶。罐子砸在厨房的钟表上，钟当下就不走了，这让罗莎·施瓦泽颇感快慰，至少厨房的时间停了下来，只需一点运气，它将永远静止，正如她所期待的，丈夫会宰了她。他似乎已经有意这样做，高举起拳头，威胁说要把她弄死。不能让它再成为空口白话了——如往常一样——她得想想办法，别再错过这个千载难逢的机会、至臻完美的机会——谁会这么想呢，这已经是一天里的第六次了——这次一定得死。

厨房的门槛上，两个儿子忧伤惊讶地望着她，仿佛在指责她什么，就好像他们无法原谅她奴隶般的生活在近几小时内有了些微起色，无论如何不能允许——尽管只是在悄无声息中——她再度开始呼吸，重获生命。

"都是博物馆害的。我就知道……"本德告诉爸爸。

又一个果酱罐头飞起，同样落空。过了一会儿，横遭诸多不解而心灰意冷的罗莎·施瓦泽决定放弃。她一屁股坐到椅子上，小声抽泣起来，又听他们不时喊道：

"妈，别出声。"

"你声音太响了，罗莎大妈。"

她窝在椅子里，仿佛置身于博物馆，直到电视节目结束。睡觉的时间到了，她毫无睡意，还是上了床，被疾驰而来的失眠所折磨，一夜清醒。她想象着那个荒僻冰冷的花园里发生的各种故事，每个桥段都有夜游神的造访。黎明的微光中，一夜无眠的她只听见自己说：

"活着有什么意思。"

朦胧中她讲着这样的话，几分钟后，她起来做了早餐。她只吃了片火腿，为昨天的事向丈夫与儿子致歉，说，岁数大了，没有别的，希望他们原谅。

随后，像多年来一样，她骑车去了博物馆。此刻，她坐在那张永世不变的无聊座椅上，经过一整晚的焦躁不安，困倦无比。她毫无遮拦地打着哈欠，抵抗着黑王子的诱人召唤——他在邀请她遁入画中，同时还送来了源自她故土、自杀之国的昂扬锣鼓声。

我知道罗莎·施瓦泽在绝望地驱散王子的呼唤，她将目光埋进了《珍珠猪先生》稀薄的玫瑰色里，这是她悉心守护的展厅中的另一幅画，若此时有谁鲁莽闯入，他将遭遇一位果敢的守卫——她会收起哈欠，当即弹起，请入侵者——因警报极易触发——别太靠近黑王子与粉先生。

之前说了，罗莎·施瓦泽今晨保持着些许警觉。这并非杞人忧天，锣鼓声愈来愈大，在召唤她放下博物馆、放下此生，黑王子的诱惑愈来愈强，她随时可能在又一次自杀机会中沦陷。事不过七，罗莎·施瓦泽念叨着，随之想起衣袋里的那瓶氰化物，决定试试运气。若那只是威士忌，或许可以助她清醒——她都快睡过去了——尽管对于它能否真的唤醒尚存疑问，她从未尝过一滴酒精，不知其有何效力，但她愿意冒这个险。若那不是威士忌而是氰化物，她会去到存在的彼岸、迢遥而迷人的另一个世界，那里住着自杀王子——她的情人。

她一口吞下毒药，几乎瞬间，锣鼓声就用最热烈的情欲将她裹起，性感而凶暴，因为她有知觉，自己已经死了。冲力那么大，液体飞速灌进胃里，接着是死的眩晕。她的身体猛地向前一倒，跌翻的同时，她感觉自己进到画中，行走在一条铅灰色的陌生小街，继而来到一片她从未见过的五色空地。一座祭坛端坐其间，正面是栉比的台阶，有墨绿色的绒毯覆盖其上。她走近祭坛，在一棵巨型棕榈的树影下见到一尊雕像：一位将死的男子，匕首捅进了他的心脏。自杀恋人的心脏。那是黑王子。他一苏醒过来，就庆祝起爱人的到来，以一支疯狂而漫长的舞将自杀王国里所有的自戕者召集到祭坛前的空地上，为新来者举行欢迎盛典。身着华服的臣民们从沐浴在清澄海水中的座座小屋奔走而出，用王子的话说，他们是在模仿着不可模仿的东西：非洲滚滚的蓝雾。

　　幸福会杀人；这些轻生者模仿的不是不可模仿的，而是绝不存在的。罗莎·施瓦泽想着，随之记起，非现实同样不堪忍受。尽管它们有着令人狂喜的美：王子、青烟、五彩之国，她还是感觉不适：无法理解的文化，遥远而神秘的土地——这里的人们竟欢庆死亡。王子就像读出了她的心思，慨叹她不懂得欣赏——该国古老而冰冷的天空中，星光也为她点起礼花——而后告诉她，若要回头，就得吸入自杀之国滚烫的蓝雾——剧毒之雾。罗莎·施瓦泽清楚，这是要她再自杀一次，只不过是倒着来，并非落入美丽的那头，而是它的对立面，生命那边。罗莎·施瓦泽不假思索地走上前去，对准烟柱狠狠地吸了一口，几秒钟后，她发现自己再次回到了博物馆那张椅子上，迷你酒瓶的残片就七零八落地躺在她脚边。

谁都没有察觉那场迅疾之旅。罗莎·施瓦泽——雷厉风行的保安——大睁着眼睛，尚有些晕眩；她重建着自己的形体，发现一切如常，或者更准确地说，近乎一切如常：她再也听不到爱人的召唤、自杀者们的阵阵锣鼓声；黑王子与粉先生纹丝不动。本质上讲，万物处在完美而悲哀的秩序中。苦涩却从心底里得以释放，罗莎·施瓦泽感觉自己再度没入到了生活的单色画里，泰然而惬意，仿佛明白了，归根结底，我们并不晓得——就用诗人的词句来表达吧——刻意的匮乏是否才是更好的情形。或许就该这样：真实、世俗、平庸、愚蠢至极。不管怎么说，罗莎·施瓦泽心想，那不是我的生活。

消失的艺术

在那一天——他退休的当天——到来之前，想到可能的成功总是让他心惊胆战。常常能看见他踮着脚走在学校或家中，似乎不愿意打扰到别人。他从来就对担当主角充满抗拒。输，打个比方，他是很乐意的。连下棋他都爱下一种叫作"自杀象棋"的，只有逼对手把自己将死才算胜利。他喜欢躲藏在他人目光之外的感觉。因此不足为怪的是，四十年来他写下的所有文字——围绕"走钢索"展开的七本悠长的小说——至今从不曾发表，用两把锁锁着，躺在他从同样不愿引人注目的祖先那儿继承而来的衣箱箱底。

这是个谦卑的人，从不以自己为中心，而是致力于缄默的寻找、对本质的关怀——其影响力与他本人的地位毫无干系；那是非比寻常的探索，他在其中倾注了只有他的谦逊才能掩饰的执拗的坚持和有条不紊的努力。

为什么要展示自己？（阿纳托尔厌倦地思索着）若我所写的不过是我内心的庆典，关于自己无休止的闲言碎语，仅供私人之用，我为什么要将这些文字付印？

彻底的犬儒主义，他常这么想，好让自己不至于被出版的念头所引诱。没有什么比他的自我劝诫更脱离现实了，但他仍自欺着，以便继续栖身于那间密闭书房的可爱荫蔽里。

在他为成为秘密写作者所采取的所有措施中，最独树一帜的便是，四十年来一直以外国人的身份生活在他狭小却迷人的故土恩贝特哈岛上。欺世瞒人对他来说并非难事，所有家人一起在战火中悲剧性地消失，令他改换身份变得颇为容易。那天晚上，万般俱逝，阿纳托尔突然意识到世上只剩下自己一人，涌起一阵回望来路、通往天际的冷漠小径已不属于我们的迷失感。硝烟散去，阿纳托尔对自己说既然只剩下自己，回顾无人，便在欧洲游荡——迷失——了漫长的三年，待年满二十回到恩贝特哈时，他讲话时故意犯下种种错误，还大大夸张了字母 h 的吐气音（没有哪个当地词是不带这个字母的，发音时微微呼气）。所有人都把他当成侨居客，甚至取笑他那过分夸张的 h 音，这立刻为秘密写作者阿纳托尔提供了保护：恩贝特哈的文学淘金者只对本国的荣耀感兴趣，他们系统性地排除了可能发掘外国天才的任何线索。

此刻在哪个角落（阿纳托尔辩解道）没有几个隐世的人才，他们的思想观点乏人听闻？相比这样默默无闻的寂然生存者，更应把世界留给那些为征服世界而生的人。

默默无闻，蹑足生存，外国人的伪装，相信自己永远没有被认出是本岛岛民或作家的可能；整整四十年，他享受着自己卑微而幸福的存在。妻子伊赫玛总是陪在他身边——这位恩贝特哈女子给他生了五个孩子，同时成为他文学机密的忠实共谋者。他一直干着同一份工作，在首都一所学校教授语言和体育，自始至终，直至退休。

准确地说，就是那天，几十代桃李齐聚他的最后一课，掌声激烈，震耳欲聋，他四十年来首次感到，他对舞台中央的抗拒大厦即将倒塌。他发觉，从心底里，他并不腻烦这些亲昵的表达，并不讨厌成为（尽管只是几个小时）整个学院——不经意间就变成他的后援团——关注的焦点。他以他古怪的外国口音，比以往更浓重的 h——无疑带着些自嘲——就他在学院获得的尊重与老朋友波普哈特老师开着玩笑。

"亲爱的波普哈特，你瞧瞧：学院，后援。"

他说。

波普哈特向他投去和善仁厚的微笑（每当他不理解阿纳托尔的幽默时就会贡献出这样的表情），说看见他如此神采奕奕很是欣慰：

"你今天真是容光焕发。这么退休是不是感觉还不错？"

阿纳托尔没有接话茬，想着说话就得解释——对他来说这太羞耻了——他之所以这么精神是因为由衷享受着全院师生的注目。

事情就是这样（阿纳托尔心想），一天天、一月月、一年年地，我拒绝着任何形式的注目，而当我骤然成为整场仪式的主角，我又怡然自得，喜不自胜。

"怎么不说话？想什么呢？"波普哈特问道。

"想我们人类是多么反复无常。"他答道，"别问为什么了，就这样吧，有时我还挺愿意有点秘密的。"

"好吧。"这时波普哈特的脸色变得神神秘

秘，"哎，我跟你说过我在准备的那个体育摄影展吧？"

"嗯，你提过。"

"但我忘了有没有告诉过你，我们还想为那次展览出本画册。"

"没有。"

"我当时就想到你了。当了那么多年体育老师，不如就由你来作序吧，你意下如何？我总觉得你会写得非常棒，老朋友阿纳托尔，你特别像一位隐姓埋名的作家。"

阿纳托尔的脸色一下子绿了，仿佛见到了世界末日。这玩笑也太恶毒了吧？他生活的安宁、和谐与秩序顷刻间就风雨飘摇。过了好几秒他才发觉不致如此，波普哈特只是在客套地鼓励他，让他随便写上两句无关痛痒的话，仅此而已。没想明白之前，他真的感觉很煎熬。而更糟糕的是，陡然的松懈与苍白的脸色揭示了他的内心。

"出什么事了吗，阿纳托尔？"

他终于及时反应过来，一扫脸上的阴霾。

"没有啊，能有什么事。怎么了？"他笑了笑。

最好还是不要拒绝吧，这样很容易引起各方怀疑；干脆把这活接下来，随便写上几行，胡诌两句，速速了结这桩破事。

"我那时就想吧，"波普哈特已经在找台阶下了，"你从今往后就闲起来了，所以我思忖着，自说自话哈……"

"没事啦！"阿纳托尔赶紧打趣道，"学院，后援！你给我这机会，我高兴还来不及呢！"

一周后，照片被送到了这位新近退休者的家：网球、足球、击剑、田径、游泳……蓦然间，他在撑竿跳的画面中发现了与其他照片完全不同的美，绝无仅有的美。当他提起笔，紧接着就发现，要故作拙劣有多艰难，即便他知道方法，但要他在一篇佶屈聱牙的文章下署上大名，他做不到。况且他一直认为，每个人的血液里都铭刻着对一个声音的忠诚，人永远只能服从这个声音的指令，纵使时势万般阻挠。

他告诉自己，故意写坏是不可能的，他没法背叛自己，此外，撑竿一跃那无与伦比的美就摆在他眼前（他无法将迷恋而崇敬的眼神从那上头移开）；他终于忍不住在序言中将它与走钢索者的英勇行为相较，仿佛对后者了若指掌，而他四十年来对这份危险行当的专注抒写亦非徒劳，最终写出来的文字扎实果敢、丝丝入扣，对人类的平衡性乃至恩贝特哈岛上空中漫步者的世界所做的思考冷静而精彩。

序言落到了恩贝特哈大诗人、编辑兰普赫尔·赫伍拉奇手上——并非因为阿纳托尔在行文中所散发的光芒和展现的勇气，抑或展览的重要性（根本没有，打从一开始展览就不指望超出学校的边界），而是因为，很偶然地，赫伍拉奇最宠爱的侄女频频出现在了击剑赛照片的背景中，是她把书递给了亲爱的大伯；面对这位陌生而谦卑的体育教师在序言中所展露的天赋，诗人深感震惊，万分好奇。

"就在这儿，这几行字的后头，藏着个大作家。"读完序言的赫伍拉奇当即指出。说这话时他激动无比，对自己的嗅觉——从未出错的文学嗅觉——坚信不疑。

几秒钟后，为了让当时围在他身边的所有赫家班成员听得更清楚，他甚至又重复了一遍，这回是用喊的，对刚才读过的这几行字愈发狂热，对自己的嗅觉更加深信。

"这儿有个大作家！"

没过多久，他的追随者们便一致同意，除了这些关于长杆与平衡的词句，在某张书桌的抽屉里一定还锁着其他的纸页，隐秘而沁人肺腑的外语手稿，赫伍拉奇必须找到它们，以确定它们是否该被收入那套优美的恩贝特哈散文集。

我们可以想象阿纳托尔的精神状态，就算抬出外国人的身份也再难以让他们丧失兴趣了，赫家班认为，在本岛生活了四十年的他已经可以算作恩贝特哈人；此外，一份在该岛上尚无先例的期盼则更加催人遐想：这个新恩贝特哈人的作品中或许还有用外语撰写的书稿。

怎么说都没用了，阿纳托尔还在硬撑，说除此之外没有写过任何东西，但收效甚微，赫家班不屈不挠，最终他坦承，自己作为一个文学爱好者，某次斗胆，曾独自翻译过瓦尔特·本雅明的《柏林童年》，并以此为挡箭牌，好叫他们不再追查他的文学创作。他贡献出的恩本特哈语译本是这么开头的："无法在城市中辨明方向，这并不打紧；迷失于城市就像迷失于丛林，都需要研习。"

"我们要出版这个译本。"赫家班异口同声。

真是两难！（那天晚上，阿纳托尔掂量着，妻子伊赫玛陪在他身边。）一方面，我胸中奔涌着诚实的野心、想要向前——尽管有些难为情——跨出一步的愿望：告诉他们，其实那份译本只是我的障眼法，为的是不让他们发现，我已写就七本——太可怕了——关于这该死的恩贝特哈岛的小说；总之，这边燃烧着的是我想要被阅读的渴望，而另一边，更加强硬的是我的预感，总觉得这作家的宿命里夹带着什么厄运的种子。撇开这对矛盾不谈，我还有这样的感觉或者说确信：我的作品已比仓促发表的时候成熟许多；以及那样的感觉或者说确信：我已抵达一段旅程的终点，我在其中慢慢学会了艰苦修行，终于能够消失在由铅字织成的隐蔽世界里。

你从没让我读过你的稿子（伊赫玛说道），我对你实际写下的东西一无所知。但我得告诉你，我一直——你在听吗——我一直都在问自己，你在小说中讲述的那些事情，它们的背后究竟潜藏着什么样的故事。

太悲哀了（阿纳托尔闪躲着妻子的提问），人们越来越少地赞美艺术，越来越多地颂扬艺术家；比起作品，他们更偏爱作者。这太悲哀了，相信我。

你还没回答我的问题呢（伊赫玛不为所动），你在小说里反复描写的到底是个什么样的故事？

从心里讲，从心底里讲（于是阿纳托尔掏心掏肺，故作痛苦），我自始至终都在重复同一个故事：那个假扮成外国人生活在自己故土的人，终有一天，被人认出来。

你这不就被认出来了？（妻子笑道，在阿纳托尔看来，那笑容至为粗鄙，至为愚蠢。）

我敢不敢踏上那道钢索，冒着坠跌的风险？我敢不敢出版我的首部小说？（第二天，阿纳托尔这样问着自己，抱着手稿向赫伍拉奇的出版社走去。）献上小说的那一刻，我就再不能收回它，它将属于世界。我该不该把它交出去？赫伍拉奇不知道它的存在。没有谁逼我做这件事。文字的责任让我感到无法承受。它的力量忽然就变得那么大。我敢踏上那道钢索吗？

"阿纳托尔我的朋友，"赫伍拉奇接过书稿，"我想让您知道，我，作为一个已被认可的作家，完全同意你的预感：这是场冒险。因为一个有名望、受人尊崇的作者，他会非常清楚，有其他许多人，至今也只是个爬格子的而已，没法获得这样的荣耀。这确实是条荆棘丛生的道路，但事实是，人无法不走上它，您信我一句，人怎能将这样的机遇弃在一旁。"

"可是对我来说，亲爱的赫伍拉奇，担当主角总让我心怀惴惴。我素来喜欢的是克己和匿名；淡泊的荣光、平凡的伟大、无偿的尊贵、自我的声誉。从孩提时代，文字之于我就好像过早成熟的诱人禁果，总与罪行和苟且联系在一起。此外，赫伍拉奇，我总怀疑自己所写的一切空洞无物，仿佛自言自语，虚假而冗长。有谁会对这种玩意儿感兴趣？"

"您刚说自言自语？您该不会也和您的主人公一样，是个走钢丝的吧？"

"我也想啊，我也想，但我从来没敢那样去做，太残酷了，要是掉下来的话，他们会给你配上最习以为常的悼词，不用期待更多，因为马戏团就是这样，什么没见过。观众都是些无礼之徒。当你表演着最危险的动作，他们会闭上眼睛。你赴汤蹈火只为取悦他们，他们却闭上眼睛！这是我从未有胆尝试的严酷工作，而一直以来我连最小的险都不敢冒，概因如此，我从没下定决心发表小说，走上那条危机四伏的艰险道路——这场文学历险里不知埋藏着什么灾厄的种子。对我来说，无论之前还是现在，出版都好比踏出悬空的一步。若哪天我的作品付梓，我会把那视作凌辱，备感折磨，仿佛光着身子接受一排身着军服的体检官的审查。"

"但您不会否认吧，阿纳托尔我的朋友，刚才是您亲手将小说交给我让我出版的。此外您也清楚，我一定会出版。"

阿纳托尔低头不语，像是在为他如此显而易见的矛盾言行感到羞耻困惑，但他又由衷地得意，自己终于在那根弯曲的绳索——文学马戏团的缆线上——迈出了决定性的一步。

随后，他开始迷失，想象自己被松木和山毛榉所环绕，雨点窸窣，周围是嘲笑着他的千百只松鼠；密林昏黑，树干上有用印刷体刻着的传说。他只觉得自己该走了，明智地消失，于是告别赫伍拉奇来到街上，沉思着，步入恩贝特哈的雨幕。他再次想到，小说已无法收回，它已属于世界，人们终将通过一个外乡人的声音得知统治着整个恩贝特哈岛的精神之困。

恐慌的情绪伴随着他，直到他来到家门前，那是伪装的恐慌，阿纳托尔自造的。他正要走进去，忽而戏剧性地一拍脑门，佯装自己是这一瞬间才想起：烟抽完了。日落的余晖中，他朝最近的阿斯哈咖啡馆走去，一进店门（阿纳托尔不常在那儿停留）就是亮堂的售烟处，有块破旧的招牌上写着：香烟报纸。这两个词放在一起总能带给他巨大的幸福感，因为阅读和抽烟是他的两大爱好，且它就像城市荒漠里的一块暖心路牌，告诉他，他已临近他的妻子、他的烟斗、他的书、他的家。

一反常态地，阿纳托尔陷溺在店里。手拿香烟报纸的他与一位在他看来同样在那儿闲荡的服务生攀谈，问酒吧深处的门后到底有些什么，为何多年来一直见它牢牢锁着。其实阿纳托尔晓得，每天都有大批顾客从后门进出；他故作好奇地听侍应生答道：

"从那道门进来的人跟从伍里科大街进来的人差不多哩。你没看见后头是中华胡同？"

"骗人的吧。"阿纳托尔说。

"我说真的。骗你干什么？"侍应生有些不满，请他亲自试试从那扇门出去。

阿纳托尔快活地来到胡同里，好似迷路客，

在路灯下蓄意走着"之"字。这是在为真正的消失预做的迷途训练，就这么走着走着，历经辗转曲折，终于抵达了位于中国洗衣店——街道因此得名——隔壁的船票代售点。一个满脸不耐烦的男人招呼着他：

"先生您总算来了……我们早该关门了。还以为您不来了呢。这是船票，祝您好运，先生……抱歉没能记住您的名字，不过要听实话么？您那名字啊，听着总像是假的。"

"纳迪耶。①"阿纳托尔露出无比幸福的微笑；他的目光在奇怪的油画（几艘拖轮在油迹斑斑的水面上摇摆）与标示出欧洲节假日的挂历——两者共同装点着这个遍布灰尘的售票点——之间流连，而后付了钱，吹着一首哈巴涅拉舞曲走了出去，消失在黑暗的夜色中。

一小时后，他拐进一家港口酒吧。他还在

---

① 意为"谁也不是"。

玩他的迷途游戏。明知自己所在，阿纳托尔仍问欧罗巴码头是否还很远，当有人告诉他这儿便是时，他点了杯咖啡，换了两枚代币，首先打给伊赫玛。

"我晚点回来，你别担心，"他告诉她，"我下来买包烟。"

"你就没上来过，怎么叫下去？有时我真不明白你，阿纳托尔。"

"你会明白的。"他挂断了电话。

接着他打给赫伍拉奇。

"阿纳托尔我的冤家，"后者半开着玩笑，也有相当一部分是认真的，"您真是个禽兽——请允许我这么跟您说。我正在看您的小说呢，它让我们感觉尤为不爽。您跟我们有什么仇什么怨？真没想到您那么'老外'。"

漫长的停顿。赫伍拉奇也许是在等待着来自阿纳托尔那边的严词抗辩，但后者仍旧不发一语。

"不过话说回来，"赫伍拉奇又接着说，"这是个极富价值的文本——干吗否认呢——况且我们比您想象中的开明得多，我们还是要出版它。此外您还得跟我签份独家协议，声明之后的书都由我们包了。忘了您的养老金吧——您之前还想着靠它生活呢——咱们好好乐和乐和。我说，签了这份终身合同吧，跟我们一起过上幸福的生活。"

那一刻，仿佛阿纳托尔早就料到赫伍拉奇会有这番言语，他以异常仪式感的语调答道，好似朗诵一张预先背熟的纸：

"我家的门向您敞开着，赫伍拉奇我的朋友，我妻子会欣然为你开门。您会发现，所有房间都亮着灯。在其中一间——至今都还是我书房的地方，您会找到我衣箱的钥匙，里头安放着我秘密作品的剩余部分。箱子是您的了。恩贝特哈是美的。我书桌里有份文件，能够证明，这箱子属于您，也属于整个恩贝特哈岛。"

他顿了顿，望着窗外欧罗巴码头的那排棕榈树与石凳。而后，他从齿缝中挤出一句话，语音低沉，近乎无声：

"希望你们别觉得沉。我放了六颗完美的定时炸弹。"

"你在说什么，阿纳托尔，你还在那儿吗?"

"在，不过不会太久了。作家要走了。我把衣箱留给诸位，那才是唯一有意义的东西。"

阿纳托尔撂下电话，想："消失是作者的义务。"他不紧不慢地喝着咖啡，眼看着雨停，继而消解在欧罗巴码头的暗幕中。他思忖着：有些人，总是待在别处才觉得舒服。

次日正午，远海，日头烤得愈发凶猛，舱壁上淌着融化的柏油。海是碧蓝的，冲洗甲板的水直接升上了同样碧蓝的天空。船长出现在舰桥上，蘸湿手指说，不出所料，风小了，马上就会改变方向。阿纳托尔听见后，长长地骂了一句——带有五个 h 的下流句子，他放肆地吐着气，要多夸张有多夸张——而后微笑。船长将他对风向的判断重复了一遍；阿纳托尔从容地沿着舷梯朝船上唯一的冷冻区走去，消失其中。

黑鸢尾之夜

永恒法则的最大贡献在于，对于生命，只给出一个入口，却提供了千万个出口。

——塞涅卡《致鲁西流书信集》

我听着涛声，感觉整个下午可以被装进一个眼神，一个恬静的眼神。虽说吸引我的只有死亡，但我必须承认，我在这儿——风之港——过得不错，我从未如此接近生活。我喜欢这里，我的滨海之地，我永不该远离。海总能给我——此刻我在床上，抽着烟，听见它的低语——万般归一之感，令我安心落意。我爱海。海边，海上，海中。面对它，我只觉得自由，或许有些欺骗的意味，但要注意的是：那是活着的错觉。

在马德里最后几个月的日子堪比地狱——不仅因为和玛尔塔的分手与离婚，以及随之而来的感情危机，不，不仅如此，更多是出于我远离大海的苦涩。我几乎一直处在幽闭恐惧的状态，只有去到港口城市的体育场才好些。只有那时的我才能重新找到自己，踢出最佳水平。我在海边出生，海必须在我近旁。在马德里的这些年只会让我更加想念像我如今所在的这样的小镇：你永远没法划出它们确切的界限。所以我感觉惬意，在这镇上、令人舒心的伊波拉客栈、这条独一无二的小街：左右有连绵的白墙，末端处是两条交会的大道。在这儿，饭店与酒吧的价目单上仍旧延续着早前在风之港风靡一时的波西米亚风情。

维多利亚陪我一同来到这个布拉瓦海岸的

角落，她想看看她错乱的父亲——似乎被童年时的北风熏染了性情，是个坏脾气的男人——度过生命最后几个月的地方，他种着几小块继承来的土地，努力记着——依我看只是心血来潮——西班牙二三线联赛中足球队的队名。

她没能见到那位怪诞的父亲；她于布宜诺斯艾利斯降生前的没几个月——一晃快二十年了——一场激烈的争吵，尤其是她父亲如北风般狂暴的脾气的最终爆发，令他踏上了返回加泰罗尼亚的归路，将一切、一切的一切——包括他妻子和他在布宜诺斯艾利斯生养的七个孩子——抛至脑后；他在故乡风之港定居下来，没过几个月——他已将西班牙所有的次级足球队背得滚瓜烂熟——他从小镇教堂高处坠落而死，是时他正在这个街区拍摄的最后一部影片中当群众演员。这里曾有波西米亚人的喧嚣，而今——用客栈老板伊波拉先生的话说——只剩下败军之将的记忆：那些痛苦的、美丽的、该死的晚上。

我是去年随队去河床体育场比赛时认识维多利亚的。她来酒店采访我，在听我大肆倾吐了一通我在智力领域的追求（"作为足球运动员这挺罕见的，我知道。"我重复了好几次），以及我对即将临近的挂靴之日的感慨后，她谈起她的加泰罗尼亚父亲和他喜欢记无名球队的嗜好，还告诉我——我觉得特别好笑，但还是忍住了，因为她说到这儿时真心悲伤——她父亲寄到布宜诺斯艾利斯的最后一封信里是他对妻子的一连串辱骂，后头还跟了段荒腔走板的附言，罗列了1957—1958年赛季萨瓦德尔体育中心的球员首发名单。

从第一刻起，两人间就有种由衷的共情——爱要稍后才来——忽就推我陪了她一路，鬼使神差地把她送到酒店门前，握手告别时又揪着我在她脸上亲了一口；接着，我翘了国家队的集训，在雷科莱塔的街上同她走了一会儿，飘进与街区同名的公墓；徐缓的碑丛中，我们垂下眼帘，把黄昏耽误。

暮色舒吐，黄昏郁楚，气氛恰好，维多利亚诉说起埋藏心中的惨剧。任何看见她——她有着傲慢的美丽与活力，它们足以弥盖公墓的悲戚——的人都不会相信，她只剩下几个月的生命；脑瘤以致命的固执疯涨了数倍，一切显示，终点就在近前。

得知此事的我几乎说不出话来，但我同时发现，身披死亡威胁的她在我眼里更美了，凶险而猛烈地吸引着我。在那股奇怪的、难以控制的力量的作用下，那些我潜意识里认为催生着死亡的，也至此成了不可抗拒的诱惑。于是我想，或许如此就能解释我的异常举动：以这样的方式抛下国家队的集训，被美与死亡所引诱，匆匆来到街上，与维多利亚一同穿过雷科莱塔街区。

我们默默朝她家走去，到门前，我想缓和一下气氛，便问她做体育记者是不是与她父亲爱记队名有关。维多利亚明白此处该有微笑，投来个格外悲伤、凄婉动人的笑容，随即说道，我们不会再见了，但若生命允许，她会写信到我马德里的地址。

接下去的几个月她并没有那么做，我怕最坏的事态已经发生，逐渐产生了那样的想法：维多利亚是转瞬即逝的、只此一次的显圣。而在最意想不到的时刻，信来了。那时雷科莱塔的漫步已成为稍远的回忆——可伴随着我们墓地之旅和悲伤谈话的耀眼星光还历历在目——就在我挂靴纪念赛的前夜，维多利亚的信飞抵马德里，告诉我，她还活着，尽管比之前更加无药可医："感觉我就剩一两个月了，我决定去我父亲的国家瞧瞧，就我一个人。我家人和他们给予我的关怀压得我透不过气，但我还是请出了一个礼拜的假，让他们放我独自去西班牙。能出来见个面吗？"而在对足球界发表了一番调侃后，她写道："最后我有个问题。我记得我们在布宜诺斯艾利斯走过那少数几个街区的时候，你讲了个故事，不知是说你自己还是说一个朋友，不能吃……不能吃什么来着，这个男人——或者你？除非有人（另一个朋友？你？）遮住它的……哪儿？头？尾巴？翅膀？"

飞越千里而来的这样一个问题令我困惑不已。我回复说那是我打小的毛病，不能吃鱼；从海里打捞的鱼总有种冷峻迷茫的眼神，从那时起——直到现在——就令我感到恐惧。我在附言中补充道："我会去机场接你，七月七号早上八点十分，因为我太想太想见到你了。此外，如果你愿意，我还可以陪你去你父亲的老家。"

我太想见到她了，这是实话，也许是出于直觉，她能帮我——至少在那几天里——忘记一些事情（与玛尔塔的分手、惨淡的生意、并不情愿的退役），同时，那封质朴而直接的信，尤其是结尾处那个天真无邪的提问，预示着一些美好、鼓舞人心的东西，尽管我确定它会比乍看起来复

109

杂许多，因为那个问题，虽然和她本人一样单纯，却恰恰因此带有极大的危险——它意味着，维多利亚对我有兴趣——这样一来，那一问就好似生了翅膀的公牛一般大了：它有头有脚、有尾有翼、有要被割下的耳朵，也就是说，有点像爱情了——究其根源，它同样是个巨大的问题，一种直接、纯真又极度危险的东西。

因此当维多利亚踏上巴拉哈斯机场，我已清楚，这可能成为一段堪比插翅公牛的罗曼史。果真如此。而今我们就在这里，风之港。我们是昨天凌晨到达的，落脚在这可爱的伊波拉客栈，此刻我在其中一间客房里伸着懒腰；我抽着烟，在床上浮想，自述着所发生的事。

今天的午餐是伊波拉先生请我们吃的，做的是海鲷，虽然得盖住头，但除此之外还是美味异常。而在悠长快乐的饭后时间，他帮他侄子向我要了个签名，随后问起导致我提前一个月挂靴的轻微跛脚。我告诉他我这瘸是好不了了，他深表遗憾，我不觉得那有多真心，因为他很快就忘记了我的背运，转而谈起别的事情。他自告奋勇给我们下午的墓园之旅充当向导，说他与维多利亚的父亲特别熟悉，尽管事实似乎与之相悖：说起那位父亲时，他总是显得谨慎少言。

"我们总在一起玩滚球来着。"他总共讲了这么一句。

只能指望下午会有所改观，但我很怀疑，也说不上为什么；其实我特别不明白他为何要陪我们来。虽说他挺和蔼也挺有教养的，但有时行为实在古怪，譬如当维多利亚问及她父亲，他总是三缄其口，就像根本不认识那位父亲——或恰恰相反，他们太熟悉了，以至于必须隐瞒些什么。我说不好。我不觉得他的举止正常。此外，他叫卡托 ①。他说这是因为他父母

_____

① 这里指罗马政治家和作家卡托（前234—前149），贵族特权的拥护者，作为监察官时极其严格。

热爱古代经典。我不知道，但我总觉得他没法信任。滚球什么的，太含糊了。而且，就算他再有教养再有亲和力，我还是不知道我是否信得过一个叫卡托的人。我真不知道。

我在维多利亚面对死亡的态度中读到了深沉而令人敬佩的平静，仿佛在她眼中，最重要的，也可能是生命中唯一有意义的，就是为庄严赴死做好准备。从我们抵达风之港起，特别是去过墓园后，维多利亚从容尤甚，也许是因为在这儿，有沉静的海浪在帮助她，还有这片海，地中海，古老的海，旧时英雄的壮举。

我思虑良久，日落了，我们仍闲步于墓碑间，浏览着碑上的铭文，望着那些亡故的日子与躺在柏油路旁大理石上的枯萎花瓣。柏油路朝着小镇、朝着大海流泻下去，在墓地处一分为二。

"毁灭之舞。"卡托夸张地评论道，模仿着诗人、学者，或是我不知道的什么玩意儿。

我们在一座墓碑前驻足；墓主从未出过风之港，甚至没去过相邻的镇子。墓志铭里记述着他对故乡的爱以及他对踏出此地的兴趣缺缺："幸福的人最适合待在家里。"

随之引起我们注意的是博内特的墓，这是个简单而谦卑的人，镇上的渔夫。碑文是用英语写的，卡托——他似乎挺不情愿我们在那儿停留——对其翻译如下："不要断绝你的自由之路。若快乐，便活着；若不快乐，你有充分的权利回到你来时之处。"

无论维多利亚还是我都不懂英语。我们问他——难以置信——这真是风之港一个普通渔夫的墓志铭么？

"是的，"卡托答道，"我可没编造。为避免与神父之间产生任何麻烦，大智慧的博内特选用了英语。"

"这一点也不奇怪。"我说，"没理解错的话，这段文字是在为自杀辩护吧，不是么？"

"对，但镇上的人都对它浑然未觉。"卡托解释着，"首先它是英语，其次这儿谁都不爱读东西，连报纸都不看，更别提墓志铭了，所以从来没有谁注意到它。啊，这会儿我记起来，有一天神父想知道这些句子的含义，便找我去翻译，当我说到这是对英国生活的赞美时，他思前想后不明所以，我猜他是在忖度着，博内特对那么远的地方能有什么留恋。"

"也不算太远吧。"维多利亚插了一句。

"对博内特来说算远的了。在他眼中，地中海之外是一片迷雾，世界边缘的野蛮国度，未开化的山洞里喷火的巨龙。在他看来，存在的就只有海。你们会愿意认识他的，他是个奇人，如今已见不到了，现在这儿的渔夫都是些傻子，一天到晚只知道看电视——我也说不好——世界变了。"

过了一会儿，卡托把我们领到一个东方人的墓前：他来自日本，在镇上人缘不错；他热爱风之港，尤其热衷于利莫纳①的一尊雕塑：跪坐着哭泣的女子。他觉得她赤裸的左足完美无瑕、不可超越，便央求人们把自己葬在一处能够永久欣赏那只梦幻赤足的墓穴中。

"看到了吧，人们满足了他最后的心愿。"卡托说道。

确实如此。我们见到那尊跪像、那只不可企及的左足（为以示对长眠的日本人的尊敬，它被用塑料布盖了起来，免受雨水侵蚀）；与之相对的，恒久感恩的探查目光正从那东方墓碑中隐隐射出。

我们继续走着，来到米罗家族的雄伟族墓群；这里安葬着不幸的玛利亚，她死于爱情。父亲因社会地位、经济原因拒绝了她想嫁的年轻人后，后者去了美洲淘金，边赚钱边从埃斯特角给她写着情书——它们从未抵达目的地，女孩

----

① 加泰罗尼亚雕塑家。

的父亲截留并销毁了它们。而当年轻人回到风之港——他已拥有大笔财富——他相信她还坚守着启程时的誓言，会等他回来成婚，不想，大西洋船队的礼炮交杂着教堂的丧钟：就在那天，自认被弃的玛利亚因不可救药的情殇一命呜呼。

"现在跟我来，"卡托招呼道，"你们即将看到的是风之港的诗人、萨伍德尔的坟墓。这地方——我得提醒你们——有些特别，因为里头没葬着任何人。这是萨伍德尔用他仅有的积蓄捐的，但他没躺在这儿，也没躺在任何地方。一个狂风骤雨的夜晚，有人看见他消失在海中，再未发现他的遗体。"

仿佛诗人预知着自己的宿命，赴死前数月，他命人在空穴中刻下一段简单的铭文："乔安·萨伍德尔。单数日里，生活扼着他的喉咙。双数日里，生活就像缺了刀柄的无刃匕首。"

"你们也看到了，"卡托说，"在他眼里，生活根本不算什么。"

维多利亚笑着道，这公墓可真够热闹的。说这话时她很小声，因为从那处空冢离开时，我俩同时注意到了那个斑白短发、满脸皱纹、貌若禽鸟的男人。他左腿有点跛——和我一样——尾随我们已经有一会儿了，打探着我们适才经过的每块墓碑和每个角落。

"这是谁啊？"我们问。

"尤利。"卡托干巴巴地给出了回答，似乎有些紧张。

就像听见了我们的谈话，尤利躲到了利莫纳的另一尊雕塑后头，不一会儿又再度出现，与我们打了个照面。他如服刑者般走来，直勾勾地盯着我们，到了面前，他对我们耳语道——慢腾腾地，几乎在把玩着那些字词：

"庄严赴死。其影游弋。"

我们悄声问卡托这是不是个疯子，抑或某个好开玩笑的把自己扮作成鬼魂。

"哎，你们等着瞧吧，"卡托挺恼火的，有

些乱了阵脚，"这是我哥尤利，每逢墓地快关门时他就特别不安分。"

发表这番评论时他提高了音量，只为让那位哥哥听到。

"是吧，尤利？"他问道。

"胡扯，"尤利的回答却显得很正经，"完完全全的胡扯。太好笑了。你又一次试图让人们相信我是个智障……卡托，连我都觉得厌烦了。"

"真实与谎言，"卡托也变得严肃起来，"又绕回来了，尤利，我们永远在争论这个，真实与谎言。但我还是要说，一到公墓关门时间你就慌慌张张，这是事实，而你对人们讲的那些则统统是谎话。你就扯吧，用你编造出来的那些故事吓唬访客，还以此为乐。我不准你这么对待我的朋友，所以赶紧给我滚……"

"死不要脸的倒霉孩子，"尤利针锋相对，"你也清楚，我是这……"他有些吞吞吐吐，"这块圣地的守门人。别想把我说成个疯子。"

语罢，尤利朝我们靠了过来，却被弟弟死命抵住。

"您父亲叫什么，这位小姐？"尤利一时挣开了弟弟的推搡，"要是我没弄错的话，您是阿根廷人吧，那您父亲应该就是……"

维多利亚正准备答话，卡托阻止了她：他拦在她的面前，几乎是用身体堵住了她的回答。

"让我们清净会儿行不行，尤利你个破玩意儿？说过一遍的话我不想再说了。滚。滚得远远的，滚。"他举起拳头，看着真像要抡上去的样子。见事态发展到这般田地，尤利选择了撤退，腿疾似乎也比刚才加重了几分。

"尤利认识我父亲？"维多利亚问道，她已经从这场意外——诡异的意外——中恢复过来。

"呃，可能吧。我不知道，我怎么知道。不过我想说的是，他的话，你们一个字都不必信。全是他自个儿编造的，他脑子有病。他总觉得他是看守，给墓地守门的，我觉得这已经很能说明问题了。他就是个疯子。"

"话说尤利这名字又是什么来头？"我问。

"尤利西斯。"卡托说，"我们还有个姐姐，已经过世了，叫作美狄亚。你们也看到了，我爸妈对古典的爱到了什么程度。"

他的头慢慢沉了下去，若有所思，而后慨叹父母怎么没给尤利起个更相称的名字。

"名字在很大程度上影响着人的一生，"他大声诉说着自己的思考，"阿喀琉斯或狄俄墨得斯就要合适得多。他们本可给他灌输一种自信的、好斗的、骄傲的气质，但他们没有，他们就要叫他尤利西斯。我觉得这个，从长久来说，起着相当糟糕的作用。"

当我们问他为什么这么说时，他闭口不语，就像我们提及维多利亚的父亲时一样。而后我们继续参观墓碑——都挺无聊的，再也没能从铭文中得到任何启示——直到我们来到诺贝托·杜兰的墓前。

"这是本地历史上最优秀的医生，"卡托向我们介绍着，"一个出类拔萃的人，风之港鼎盛时期、整个波西米亚世界中的关键人物。"

他的墓简约而典雅。"卡拉拉的大理石。"卡托得意地说。碑文的格调在此地亦属一流："果实只有在烂熟时才最甘美，童年的至魅存在于终结的一刻。"

而在墓碑主体——那尊微微锈蚀的铁十字架上，刻着几个我之前在诗人萨伍德尔和渔夫博内特的墓碑上就见过的大写字母：Z.Y.F.S.Q.Y.Y.。当我问起它们是什么意思时，卡托不知如何作答，试图用冷笑话搪塞过去，这让我顿时起疑，他是不是有事瞒着我。作为球员，我总是相信自己的直觉，提前零点几秒预判，先于对手行动。这个傍晚，在这座公墓里，我坚信自己预感到了什么——出于某种无法言说的原因——卡托很可能在使诈，让我们在每座碑前耽搁一会儿，待天光渐暗时再带我们去她父亲的墓前，那儿肯定有什么他不想叫我们看清的东西。

这样的想法或许影响了我的所见——或我自以为的所见。我们来到维多利亚父亲的安眠之所，一座让我们印象深刻的墓，它把能省的都省了：没有碑文，只一个十字架，甚至找不到她父亲的名字。什么都没有。再怎么也该有点什么啊，我心想。

"太奇怪了吧！"维多利亚问道，"你确定是这儿？碑上怎么没他的名字呢？"

"这是你父亲的心愿。除了十字架，别的一概不要。"卡托说。

总得有些什么啊，我仍在自语着，或许是受了直觉的影响：卡托一定有所隐瞒。正是这份执着让我注意到那段铭文——违背常规且难以察觉，但不管怎么说也该算作铭文。想要第一眼见到它绝无可能，但细瞧之下就能发现，在那块大理石的左下角，有人用锐器刻下了类似手杖的图案，或是个箭头，指向了墓碑的基座；顺势看过去，有人以同样的锐器凿出了八个极其微小、近乎不可见的大写字母：Z.Y.F.S.Q.Y.Y.。

我斟酌着是不是该予以重视。既然维多利亚什么都没看见，我更倾向于保持沉默。与此同时，卡托显得忐忑起来。铃声就要响起。关门的时刻临近了。

"我觉得我们该走了。"当维多利亚将一束玫瑰放在那零落的墓碑上，卡托建议道。于是我们向出口走去。刚迈出大门，我们似乎看到一座孤坟，旁边立着棵同样无依的柏树。墙外之墓。

"那个是怎么回事？"我们问道。

"那儿埋的是埃塞萨，镇上唯一的无神论者。"卡托连忙解释，"神父不同意将他收进公墓，所以他就待在了那儿，坐享着野外的自由。"

短暂的停顿后，仿佛觉得自己有义务再多说一些，卡托补充道：

"他的葬礼上来了不少人，称得上一群了，因为他事先吩咐过遗产管理人，对于凡是来送他最后一程的，都给予一千比塞塔——当时用的还是这个。这是一次强烈的挑衅，是对神父的一场胜利——他大获全胜。尤其得考虑到，他是在那种环境下死去的。"

维多利亚询问起他的死因。卡托的脸上顿生阴云。

"生活杀死了他。"他说道，"他试图接近生活，接近生活最深处的奥秘，却被它夺走了性命。在我看来就是这么简单，没有其他的解释。我听他说过，枪是坚固的，因为它的材料是钢，不像生活是玻璃做的。他还说过，枪是个器物。而就在对准头颅轰出那枪的前两天，他告诉我，他将毫不犹豫地与此器物来上一场死斗。"

语毕——说真的，我们并没怎么听懂——他

叫我们忘了这座孤坟，而后掉转身去，招呼我们跟上，随他走下公墓门前的斜坡。但维多利亚像是突然被墙外之墓攫住了，径直朝无神论者的坟墓走去。而我，在新近养成的习惯——细查每处墓葬、细读每段碑文——的驱使下，紧随其后。

出现在我们面前的是又一座极简的坟墓。没有墓主的姓名。当然，也没有十字架。只有一段铭文，石碑上用精致的字体刻着八个字母：Z.Y.F.S.Q.Y.Y.。

维多利亚递来一支烟。

"要不要？"

一阵风吹过，我竖起领口。

"这些字母会是什么意思呢？"维多利亚问道，"你怎么想？"

"庄严赴死。其影游弋。"从我们身后传来一个肃穆的声音。

一回身，我们见到了尤利，他拄着手杖，

冲我们笑着，摇起关门的铃。

"这就是那些字母的意思。"他接着说，"所有人都懂得庄严赴死，除了卡托与我。"

见卡托三步并两步地跑了过来，他加快了语速，可听着仍有些神秘："旧日的黑鸢尾之夜——目光中，花比夜更黑更暗——只剩下卡托与我，背负着继续活着的耻辱，没有勇气自戕的耻辱。"

此时卡托已来到我们身前，尤利愤怒地抄起手杖，像是预备着另一场死斗，但最终还是走向了墓地入口，用两道锁闩紧了栅栏，以此证明，自称公墓看守的他其实并没那么疯癫。

我目送一架飞机低空掠过，引擎的轰鸣声震耳欲聋。炸雷般的响声中，卡托在我耳旁喊道，他得和我谈谈，很急，就约在航海俱乐部，明天傍晚五点。

"一个人来，拜托。"我像是听到了这句，"别带维多利亚。最好别让她知道我要告诉你的事。"

我想象自己驾驶着那架飞机，落阳袭进舱里，我陶醉地望着静止的空间与光线。而后我降落，着陆在很远很远的地方。太阳躲到了护卫着风之港的山丘后头，几秒钟内，光全变了。我仿佛见到尤利在黄昏的最后一幅画面中恒久愤怒地挥动着手杖。

今晨醒来，维多利亚告诉我，她梦见我俩走在布宜诺斯艾利斯的佛罗里达大街上，面对着圣马丁广场。我们不愿穿过广场，而当我们最终这么做时，一阵寒风从辽远处刺来。广场似在空中飘浮，而在另一边，在碧海、雾气与泛白天空的尽头，青烟从懒卧在普拉塔河中的船只升起，无目的地逡巡着。

"这不算什么先兆之梦，"她说，"就算疯了我都不会回阿根廷去。我俩再没有可能一同出现在布宜诺斯艾利斯街头。我就待在这儿了。我的锚就抛在风之港，和你一起。"

她做了个鬼脸。对自己的魅力一无所知的人才会无意中露出这样的表情。就维多利亚而言，那是死亡的魅力。我在她身上感受到的吸引与我对这个镇子、对这片海的迷恋掺杂在一起，三者聚合成一个单一的形象，就消逝在这道死与美的风景线的近前，我的地平线的近前。

　　几分钟前我又吞下一勺美味的鲷鱼；维多利亚说，她要把她父亲寄到布宜诺斯艾利斯的最后一封信拿给我看。

　　"哪封？"我问道，"附言是萨瓦德尔体育中心的球员首发名单的那封？"

　　"嗯，不过那不是球员名单。我又念了一遍那段话，我觉得那像是用离合体写的。"

　　我问她离合体是什么，维多利亚给我解释了，而后告诉我，从布宜诺斯艾利斯出发前，她从母亲那儿偷出了那封信，随即发现，那根本就不是什么球员名单。

"信，"维多利亚接着说道，"是在风之港酒店的大厅写的。我离开布宜诺斯艾利斯时只是想在我父亲写信的地方最后念诵一遍，作为我对可怜的亡父的道别。他永远不会想到，那封残忍的信竟会回到它的始发点。"

　　她把那张四四方方的纸片递给我；在一连串不留情面的辱骂之后（"我正从风之港酒店华美的大厅里给你写信，只为告诉你，你是个老巫婆……"），紧接着的就是那段附言。怎么看都不像球员名单，因为在本该写下萨瓦德尔的地方，实际出现的是萨伍德尔、风之港诗人的姓氏，而在此之后也只列出了八个姓，无论如何也没法组成一支足球队。毫无疑问，维多利亚一家对信件内容的解读有误。在那张方形纸页上，在不计其数的谩骂后头，我们读到：萨伍德尔、乌里韦、伊波拉兄弟、坎地、依托托利卡、杜兰、阿莫拉尔、托内特、埃塞萨。

　　"已经有够明显哈，"我调侃道，心里却有

些紧张，"托内特应该是博内特。杜兰就是杜兰。伊波拉兄弟是我们见过的那两人，这更显而易见了。但其他几个我不太明白。公墓里埋着一些，庄严赴死，其影游弋。还有个叫埃塞萨的无神论者躺在了外头。我不知道还能说些什么，你来讲讲吧。"

"再来点鲷鱼？"维多利亚问道。

我回答说不了，已经吃不少了。

"你还记得我们在雷科莱塔公墓里的散步吗？"她问我，脸上挂着最恬静的微笑。

"怎么不记得。"我揭开裹在鱼头上的铝箔，好似迈出了第一步；我的眼睛越来越像我最惧怕同时也无限神往的东西：有着冷峻而迷茫目光的鱼的双眼。

"你要我瞒着维多利亚什么？"我从杯沿上方望着卡托。

"真相。"他不假思索地答道。

航海俱乐部的侍应生颔首退去，我在想，他敬畏的是我们还是真实？

"首先你得知道，"卡托对我说，"维多利亚的父亲——他是我很好的朋友——是自愿跳楼的。我不觉得你该告诉维多利亚，她是个脆弱敏感的女人，和她父亲一样敏感。我喜欢那家伙，所以我希望他女儿过得快乐。陪你们去墓地是为了防止我哥哥尤利就那场自杀胡诌一通。我得把他限制在一定范围之内，不让维多利亚——尤其是以如此突然而且脱离现实的方式——得知父亲死亡的真相。尤利所言都是疯话。如今已失落在时序之夜的那几件事对他影响极大。从那时起，他甚至抬不起头来。他痛恨自己没能像好友那样死去。为了不刺激他，我们叫他相信自己是墓园看守，还给了他栅栏的钥匙。我会不时提醒他，他不是门卫，我总想让他回到现实，但毫无起色。他愿意作为旧日朋友灵魂的守护者，与那些他自认为背叛了

131

的人朝夕相处。那已经是太过久远的事了……"

他顿了顿，看着大海，随后从西服兜里掏出几张旧纸。

"你刚才问我有什么要瞒着维多利亚，那么好，首先——就像我跟你说的——是尤利的那个疯狂的版本；它歇斯底里、谎话连篇，充满了他对未能轻生的愧疚。但除此之外还有另外一些东西——譬如这份文件——同样不便让她知道。"

他将那几张用白线装订的泛黄的纸页递给我，上面是用红墨水写的标题：《关于典雅、沉静的自杀之芬芳的报告——3 号的消失》。

"只消念念第一段，"他说，"你就会对整件事有个大致的了解了。"

"所有成员都有义务……"我高声朗读起来。

"嘿，"卡托急忙打断我，"轻点儿，轻点儿，求您嘞。"

"所有成员都有义务，"我放低声音，几乎是在默读了，"在 3 号会员的信笺抵达本机构，即风之港黑鸢尾之夜联合会——我很荣幸成为其中一员——时，即刻召集其余成员开大会，商议如何在最短时间内最大限度地满足这位朋友的需求。他在自裁前提出，希望所有亲友都能来到他家，夜谈哲学，陪伴他走过这最后的几个小时；他将以最终的壮举证明他对本会的忠诚，亦即，在一场精神的盛宴、对友谊与哲学之爱的致敬过后，从容而有尊严地消失，好比卡托与塞涅卡，他们的死典雅、沉静，直至今日都堪称地中海风格的自杀的典范……"

"紧接着的，"卡托打断了我，"是在维多利亚父亲家举行的欢庆会纪要；想必你已经猜到了，他就是那个 3 号会员。他是黑鸢尾之夜中第一个对自己最后的结局有所设计的人，也是第一个下决心弃绝这个世界的人。当轻生的念头在我们之中萦回，是他安抚大家。'别急，'他总这么告诉我们，'若没有自杀这条路，我早把自己给弄死了。自杀是个自发的行为，想什么时候做就什么时候做，有什么好急的？要冷静。生命为何暂可忍受，正是因为，我们可以选择何时逃离。'但恰恰就是他首先厌倦了这个世界。一天，他把所有人都叫去，说他已经活够了，希望在朋友的陪伴下画上生命的句点。"

"但我不觉得他遵守了你们结社的根本准则啊。"我提了一句。

"你指什么？"

"跳楼可不是什么沉静的行为。"

"它是，"卡托斩钉截铁，"至少在他的案例中是。他选择从教堂钟楼跳下，因为他说，这一举动蕴含了对人类处境的背叛——我们被剥夺了飞翔的可能。他还说，跳楼是美妙的，你在向空间延展，向更大的维度延展，向地平线延展。这是尊贵的死亡；在与朋友们度过深思熟虑的一夜后，人们可以心如止水地实践它。这是他的原话。"

我不知该作何评论。我望着海面，卡托在

思考。

"他把我们叫去了他家。"过了一会儿，他继续说道，"那是难忘的一夜，也无比欢悦；因为，"他直视着我的双眼，我只觉瘆得慌，"沉静与快乐并不冲突。你要有兴趣的话，这儿有一份当晚聚会的翔实记录——只怕太翔实了。我们有节制地饮着温润的苹果酒，直到天亮。我们谈及生与死，谈及所有。而后，伴着清晨的第一缕光线，他告别我们，披上修士服，独自前往小镇广场，在风之港拍摄的那最后一部电影中担当群众演员。到了教堂顶端，他佯装被围栏绊倒，飞身一跃。他飞着，飞着，投进了永恒的虚空。他的伟岸飞跃为第一场盛大的黑鸢尾之夜拉开了帷幕，随后是一次接一次的晚会——无一不是以我们中某个人的自杀作结。博内特走的那夜我记忆最深。真行啊你，博内特。他与我们所有人碰杯，道出了那一对被我们第一时间引为标志的句子：'庄严赴死，其影游弋。'如今说起它我依旧心潮澎湃，它将我带回了那些永不复归的夜。"

"黑鸢尾之夜。"我都快成他们一伙的了，卡托应该也注意到了这点；他以更有力的语气讲了下去：

"杜兰，我们的大夫，恰巧善于粉饰死亡。他为需要的人提供毒药，并亲自替他们注射。随后他会将死因说成呼吸衰竭、心肌梗塞，或诸如此类。因此谁都没有注意到我们结社的存在，即便有那么多风之港的妇女笃信：此地的男人总爱在朋友聚会中死去。这样的迷信甚至流传至今……"

"那你们结社又是怎么消失的呢？"我问道。

"说来荒唐，它是自然消亡的。每两年一起自裁，我们的社员所剩几无。尽管杜兰效仿维多利亚父亲的做法，时常提醒我们冷静，重要的是要明白，自杀是我们生命中唯一真实的自由，但终于有一天，他也意识到，他该走了。入魔的他寄给我们一封简短的信，上头写着：'我瞎了。我要寻死。'为向黑鸢尾之夜的首例自杀致敬，他从教堂顶楼跳了下去。他一死，我们就只剩下三个人，结社仅剩的三个会员：埃塞萨、我哥尤利和我。第二天，埃塞萨找到镇上的神父，在忏悔中途饮弹身亡。自然，他被埋在了公墓外头。那天，我们安葬他时，我想到，结社历经十年风雪，终于走到了尽头。一切终结。尤利和我是兄弟，也是一对懦夫。不管怎么说，两个人组成不了一个社团。全完了。尤利和我只是两个胆小鬼，谁都没有勇气终结生命，没有勇气踏出那一步。我们被恐惧与生活捆住了手脚。尤利因不能履行'庄严赴死'的诺言而偏执发疯。至于我，你也看到了，是个知道自己毫无价值的悲情男人，因此，即便自杀也没法让我认识命运、领悟伟大。"

在我看来，他并没有注意到，黑鸢尾之夜正在余烬中复生。

"以上这些，天知地知你知我知，"他提醒我，"别想着告诉别人，尤其是维多利亚，这会伤害她的。不过就算你讲了，我也会努力澄清，反正我早已习惯遭人怀疑——尤利则口无遮拦，只会将故事到处乱说。好在他是个疯子，人们都相信我。我已为此辟谣千百次了，必要时再多一次也无妨。若你在这儿胡乱宣传，我会说那全是尤利告诉你的。"

"不用担心。这是我俩之间的秘密。"我说道。

他轻舒了口气。

"就你和我。"我补充道，"准确地说是三个人：尤利、你，还有我。黑鸢尾之夜重生了。"

他惊恐地看着我。

"庄严赴死。其影游弋。"我仿佛在宣誓。

我并不惊讶自己说出这句话。我看见它来。直至抵达风之港的那一刻我才隐约察觉，来到此镇就意味着信奉它、融入它、接受它的继承者的委任；就像说，只要你到了风之港，你就得与先来者们相符。你必须成为他们。而现在，（小镇似在点着数）轮到你了。

半夜十一点，有人叫门。开门时，我们只看见一双目光锋利的蓝眼睛躲藏在金边眼镜后，在细密的眉毛、沟壑丛生的脸庞上是一头极短的白发：尤利出现在我们面前。

"就一件事。"他说。

我们没让他进来。他似乎有些异常，但也只是似乎。他说起话来正常得很，世上最理智的人也不过如此。

"就想告诉你们一件事，"他转向维多利亚，"你父亲是自杀身亡的。他厌倦了一切——这我清楚——便跳了楼。根本不是什么钟楼失足。他自杀了。就那么简单。最后几个月里，他让我们叫他埃塞萨，又说在研究什么永恒轮回。我猜他只是在思考该如何自杀。我常和他玩滚球。他没被埋在我那鬼话连篇的倒霉弟弟带你们去看的那座墓里，墙外的那座坟才是他安睡之所。我就想说这些。好了，再见吧。"

他右手握着一瓶尊尼获加黑方，左手是三个塑料杯，显然来时是准备待上一会儿的，临时才决定不作停留；也许是见到了我们的无礼，把他当成疯子，连门槛都没让他跨过。他疯了吗？他是不是疯子？已经没多大关系了。在风之港，理智与疯癫融为了一体，一如真实与谎言。

我这般自言自语着，将黄昏时卡托诉说的全部——关于黑鸢尾之夜的全部——向维多利亚和盘托出，这么做时，我还——大概只是出于任性吧，再加上对尤利的同情，谁叫他和我一样瘸——在可能的真实中掺上了一抹可能的谎言，对维多利亚说道，尤利的话一点没错，你父亲的确叫埃塞萨，被葬在了围墙外头。

"消息可靠。"我告诉维多利亚。

"嗯，我们出去吧。"这就是她的回答，仿佛生而至此，她已全然不在乎哪里是光，哪里是影。

于是我们两人出去了，明知自己哪儿也不会去。此刻我们走在海滩上。风之港下着雨。雨呢喃着落进海中，我听见风痛苦的呻吟。我告诉自己，我在这儿过得不错，被这个滨海小镇深深吸引。我喜欢待在这片海边，我永不该远离这里。面对海浪，我感觉无比自由，并且注意到如今的维多利亚和我正与那些懂得以古老的沉静面对死亡的人走在一起。几秒钟前，我们默默将他们装进心里，用我们的肉体填充着他们的空虚；我们成为了他们。我走在风之港的雨中，这般自言自语着，听着也看着潮汐；我告诉自己，是的，整个夜晚可以被装进一个黑鸢尾色的眼神，一个安谧而恬静的眼神，而现在，（小镇似乎在说）轮到你了。

疲倦者的时刻 [1]

谨献给梅赛德斯·蒙马尼

才到六点，天已经黑了，我停下脚步，观赏着在利赛欧地铁站下车的乘客们对兰布拉大街的突然入侵。这番景象从未让我失望，譬如今天，神圣的星期四，从人群中钻出一个神秘的老头，虽则形容枯槁，拖着件沉重的行李，步伐却快得出奇。他以惊人的脚力超过了那一

---

[1] 先行刊载在巴塞罗那 Icaria 出版社于 1989 年出版的《巴塞罗那故事》中。——作者原注

整排昏昏欲睡的地铁乘客，异常决绝地站到一张利赛欧剧院的海报前，一本正经地研究着一场威尔第歌剧的演员表，随即摆出一脸不悦的表情，仿佛那份演员表叫他伤透了心。这个男人——我告诉自己——这具行走的尸体，总有哪儿叫我心神不宁。

我决定尾随他，但很快就发现这并非易事。上了一整天班，又忙又累，这会儿的我已经疲惫不堪。事实是，尽管我才四十岁，而他的年龄得是我的两倍，但他走得飞快，以至于在波盖利亚大街行走的当儿，我差点跟丢了他。我加紧脚步，一时有些力不从心，我告诉自己，再这样我得昏死在这柏油路上，直到过了一会儿才发觉，还不至于，不管怎么说，我还年轻，只不过是自己老想象自己处在晕厥边缘，因为或多或少，我总有些疲累，厌倦于这座令人叹息的城市，厌倦于世，厌倦于人类的愚蠢，厌倦于那么多不公平。有时我渴望能摆脱这样的状态，挑战自己，于是故意设下些艰难的任务，就像这样，坚持跟踪一个全无疲意的老头，不出于任何目的。

突然间，我的追踪对象——就像要让我喘口气似的——在一家宗教用品店的橱窗前停了下来。我冷静前行，紧贴着墙面，紧靠着橱窗。这会儿就不用急了。我赶上了他，在他身旁站定，看见他正在观察商店内部，一个黑人在买一尊布拉格圣婴像。我本想和老头说些什么，那黑人飞速走了出来，似乎对此次采购十分满意；见老人掉转过身子，我也跟了上去。

那黑人看上去很兴奋，但没走二十步，他骤然成了个疲倦的人。他减慢了步伐，走得越来越慢，几乎是在拖着双脚前行了，仿佛买东西已耗尽他全部的精力，或是忽地一下进入到一段无可医治的怠惰时间。老头同样放慢了脚步；直到此时我才注意到，我的追踪对象应该已经跟踪那黑人有一会儿了，而黑人并未起疑，若知道身后有这样两个列队的行进者，他一定会大吃一惊。

无比困顿的我们三人——疲累似乎会互相传染——慢腾腾地走在巴恩诺乌斯街上。那黑人身材魁梧，姿态优雅，五十来岁，像个温和而疲惫的拳击手。他显然没有警觉，因为他陡然停下了，心无旁骛地察看起自己购买的东西。他将那尊像举过肩膀，像是在把它供奉在臆想的神龛上。而他身后，为了不超过他，老头无故停了下来，我也效仿着后者的静止，三人组成了一场别开生面的圣周四游行。接着是诡异而漫长的几分钟，终于，黑人重新开始行进，在堪比永恒的又几分钟后，他进了一家酒吧，点了杯啤酒。又一杯。再一杯。他不时自顾自笑着，露出残暴的利齿。吧台另一边，老头没有错过黑人酒精盛宴的任何细节，而在老头近旁，我则将这场下作的监视尽收眼底。我们的反应那么缓慢，侍应生丧失了耐心，像每个对疲倦表征严重过敏的人一样——明知已是日落时分，连影子都累了的时刻——边像疯子般干活，边向我们投来仇恨的目光；若可以的话，他会毫不犹豫地射杀我们。我已做好应战的准备，我对自己说，是时候了，让我们全世界的疲倦者团结起来，将愚蠢与不公一举消灭。

正当我这样自言自语时，老头开始翻他的箱子。根据我听到的嘀嗒声，那应该是台闹钟。但也说不好，为什么不能是炸弹呢。若真是这样，我也看不见。他翻出的是另一样东西。不是闹钟也不是炸弹。是个红色文件夹，上头有张巨大的标签："1763 号报告。对他人生活的调查。不属于我的故事。"夹子里有不少纸页，写满了用铅笔或圆珠笔做的记录。老人在纸上匆匆记了些什么，便合上夹子，将它塞回箱子里，望着天花板，吹起一首哈巴涅拉舞曲。装得挺像啊，我这话纯粹是想告诉自己点什么，因为我并未读出老头行动背后的含义。我百思不得其解：他是调查员吗？或是别人生活的窥探者？游手好闲的侦探？短篇小说家？

就在此时，黑人付了酒钱，快步朝出口走去。待他一出酒吧门，老头买了他的单，我买了我的，心想我们又要故态复作，恢复我们不紧不慢的游行。可是没有。我们来到圣欧拉利娅大街，黑人露出元气恢复的迹象。啤酒制造着奇迹，行进振奋起来。黑人仿佛插了翅膀，他在下坡路上疾走，像要打破世界纪录。我看见老头脸上闪闪发光，终于可以再次实践他最爱的体育项目。而我，有什么办法呢，也像赶着投胎似的在坡道上疾行起来。尽管明白在这种速度下人很难有工夫思考其他的事，我还是想到了现在的时刻，永远神秘的傍晚，如空间般广袤、庄严而宏大的时刻，静止的时刻，它并不在表盘上，却如叹息般轻盈，如目光般飞快——这是疲倦者的时刻。

距离大教堂还有一百米时，我撞上一堵墙。这下撞得可够严重的，但最令我困扰的还是，老头和黑人对此充耳不闻，继续着他们无节制的竞速。我如拒绝邪恶教士的涂油礼般谢绝了阴险市民们的救助，愤而起身，戮力跟上，在背后留下一条由小血滴连成的凄楚涓流。那是我疯狂的代价——我不理智地进犯了他人的生活，入侵到非我的故事中。

在教堂的一扇边门附近，我发现了那对追踪者与被追踪者。回到这古怪队列第三的位置让我定心不少，却也没能完全平静下来：适才撞到墙上的那块地方越来越疼，不说眼冒金星吧，至少也见到了一团光球、一盏千枝吊灯。被这强光半遮住了双眼，我瞥见老头在一道侧门前停下脚步，从箱子中取出一串精致的钥匙，走进了应该是大教堂圣器室的地方。一切于瞬间发生。只听一记洪亮的门响动声，老头从我的视线中消失了，甚至没有因为败了我的兴致投来个抱歉的眼神。甚而没有一句再见，哪怕轻蔑或同情的一瞥。什么都没有。他如闪电般消失了，留下我一个人继续跟踪。我心想，大概我搞错了？老头并没有追踪任何人，他只是提着颗炸弹，要将教堂一炮轰飞。

可我为什么要跟着这黑人呢？我看见他走入教堂，在勒班陀基督像前双膝跪地。我对自己说，今天就这样吧。我累了。我想到我的妻子，我的亡妻，想起我和她在这尊基督像前约会的日子。我们疲倦者也是肉做的。我们疲倦者也曾爱过。我那么爱她。还记得那个仲夏的夜晚，我俩在露台上起舞，我将她搂向我疲惫的身躯，心想，我再也没法离开她发肤的味道。乐者们演奏着《暴风雨》。那是什么样的日子。而后是在这尊耶稣像前的约会、永不离弃的誓言。我们疲倦者也懂得感性。

几乎是条件反射地——过往留下的后遗症——我在胸口画了个十字，想到了勒班陀海战。我发着抖，听见枪炮的轰鸣，记起老头箱子中的炸弹，思忖着该赶紧从教堂出去。我扶着柱子，决定改换方向，忘记那个黑人，转身一百八十度，以我迟缓的步伐离开那里。我来到教堂广场，寻找自己的血迹，沿原路返回，向我永不该抛下的兰布拉大街走去。我边走边抽烟。每抽一口，我就穿过自己吐出的烟雾，转眼间已不在原处。我穿行在上一秒的呼吸中。倏地，我听见背后传来沙哑的喘息声，没等反应过来，后脑上已吃了重重的一拳。我愕然转头，是那个黑人，露出最狰狞的笑容，问我干吗要跟踪他。惊魂未定的我反驳道，是他在跟踪我吧。他敛了笑容，挑衅地瞪着我，出离愤怒，但还是等了几秒，好让我给出个令人满意的答复。我清楚，若不快点说些什么，他一定会吃了我。

我猛然想起老头的文件夹，便称，我是别人生活的窥探者、游手好闲的侦探、短篇小说家。我说，我过着非我的生活。我解释说，我喜欢外出，睁大双眼。我说，我爱追踪别人，就近观察他们，以便收入我原创的小说中。他用悍戾的巨手按住我的肩，问那小说叫什么名字。我将脑海里浮现的第一个标题告诉了他：《我贩售黑色的眼睛》。他用怀疑的目光盯着我，说，他不想成为任何小说中的角色。他亮出拳头，向我保证，他的拳头大过卡修斯·克莱①。不行，不行，不行，他似乎在这样讲，我不想出现在任何小说里。我答道，我已经很累了，一定不把他写进故事里，现在请他行行好，让我这可怜的疲倦鬼继续上路吧。出人意料，他脸上的凶狠暴烈一扫而尽，"疲倦"一词似有魔法，他再次变回我在巴恩诺乌斯大街上见到的那个温和、疲惫的拳击手。他说他叫罗密欧，问是否可以与我一起回到兰布拉。我松了口气，说当然可以，一路上还可以给他讲讲我今天跟踪的那个又老又累、无政府主义的圣器看守人。于是我们互相搀扶着，备

---

① 拳王穆罕默德·阿里的原名。

感衰弱。入夜了，远远传来七点的钟声。他说，他想把布拉格圣婴像送给我。当时我们正沿圣欧拉利娅大街走着，忽然听到一声巨大的爆炸声响。煤气吧，罗密欧说。更可能是一个老头的自杀炸弹，我纠正他。黑人显得更温和也更忧郁了，当我告诉他，大教堂正飞散在天空中时。

一项非常实用的发明

　　阿利坎特的那个夏天，你是差到极点的邻居，所以别来烦我了，还试图用种种方式扭转局面：我记性很好。已经没有从前那样的房子了——你告诉我——安静的房子，人们甚至知道是哪种蚊子叮的自己。我不明白你为什么要和我唠叨这些，但不管怎样，你说得对，亲爱的苏珊娜，你说得很有道理。钢筋与水泥、中空的墙砖，如今的房屋已不似早先那样隔热隔音，而世间万物也都变得糟糕起来。

　　同样没毛病的是，你还谈到，最近的境遇真是坏得不能再坏了。我大概还会加上一句：

尤其是在我亲爱的马里奥去世以后。好吧，确切地说是我们亲爱的马里奥，说到底，他是我俩共有的。都快五十年了，阿利坎特的那个夏天——我只觉得它永无止境——你粗暴地闯入我与马里奥的二人世界，那段记忆我至今保存完好。可你怎么就——你会这么问吧——记到现在呢？是的，我就是记得清清楚楚。五十年算什么。至少对我而言。对你我不知道。我自觉暮年将近，而你想必早已残破不堪。这五十年不是白过的，从你抖抖豁豁的字迹就能管窥一二。你是不是快不行了？惨不忍睹了吧。对你来说，照镜子应该是件可怕的事，你困惑着：都哪儿去了，那细润的香肩、颀长的藕臂、小巧的玉手；这太残酷了，你不住问自己：都哪儿去了，那样完美的前额、金色的长发、让所有男人神魂颠倒的迷幻目光。

我们亲爱的马里奥。我并不相信他在临终时还那么爱你。垂死的他问起过你，这是事实，我如实相告。但我也得知会你，提到你的名字时，他还以为你是个煮土豆呢。你瞧瞧，男人就是这样，这就是他们对老相好——旧日里曾令他们瘵瘵思服的狐狸精们——的记忆；他们这样怀念她们，一只脚踏在死亡的门槛上——也即是说，站在真理的时刻，因为——不知你知不知道——死亡便是爱情的真理，就好比爱情也正是死亡的真理。

我来信是希望你赶紧从你家窗户跳下去。这才是——至少我这么觉得——你应当写给我的唯一的句子。亲爱的，你该学着坦率些，而非询问我在精神病院过得怎么样，或说些陈词滥调，说你如何为马里奥的死感到遗憾，抑或送来那些伪善的鼓励。与其如此，你不如写：我只想你快点自杀，玛丽，我想看到你死，若无可能，就希望你彻底疯了，永生永世关在那家疯人院里——你到底是怎么出来的？

可你呢，却寄来了些既虚伪又陈腐的东西。

你说:"抱歉,我那么晚才获悉马里奥的死讯和你的精神疾病。"真不怪你,亲爱的,你住得那么远,在大洋那头(对了,人们说你成天泡在朗姆酒里?),哈瓦那老城的那栋恐怖宅邸,过了那么久才得知我疯了——并幸灾乐祸——也是情有可原。你还说:"马里奥一死,你该挺孤单的吧……"可不是么,这个亲爱的坏邻居,要不然你还想我怎的?

我那么孤独,以至于毫无征兆地,楼上楼下的声响开始令我烦躁:高跟鞋的踢踏声、水的幻想曲——那是属于八楼的恐怖,而六楼则上演着父子的骂战、一场场盛大的戏剧。所有这些使我陷入了疯狂的绝望,我甚至产生了为各式各样的邻居的噪音编制目录的念头。

这是不是那个阿利坎特之夏,你这个坏邻居留下的后遗症?无从知晓。但我确实心灰意冷。七十年的生命里,我比谁都更尊重他人,不愿因任何事——仅仅是出于教养——打搅别人，总而言之，为做到谨言慎行而殚精竭虑；到头来呢，我觉得太不公平，我无可挑剔的审慎举止换来的竟是邻居们接连不断的骚扰，这帮庸人像是刻意要我记录下他们鄙俗生活的阵阵余音。

我曾想，这一切发生在我——从不肯打扰旁人的我，永远踮着脚走在世上的我——身上，太过痛心。我曾欲自杀。是的，你没搞错，亲爱的朗姆酒海绵，我对你知无不言。我曾欲自杀，从二楼向外纵身一跃。这的确有些可笑，但有什么办法呢。我从七楼下到二楼，只因没有勇气从更高处跳下去。我害怕柏油马路上的那记重击。我们为什么要欺骗自己。最终，我折了脚踝，折了胫骨，折了不知多少部件，但我活了下来。当我从无计可施的跳楼中痊愈回家，由邻居的噪声所引致的癫狂却愈发严重。我寻思着，琢磨着："若情况还是这样，不久我就会从三楼跳下去，接着呢，在不可避免的医院之旅和重归此宅后，我又会从四楼跳下，再来是五楼……总之，如果不采取措施，赶紧发明个什么，我的结局会相当悲惨——相当悲惨。"

就在那一刻，我获知了我的好朋友丽塔·罗维拉（你应该挺熟悉她的，在阿利坎特那会儿她总和我去打网球，你是不是觉得我们快乐无比?）被神秘幽禁在某所精神康复院的消息。这让我大受震动。冷不丁地，某天晚上，我暗暗觉得——就似托梦一样——有个声音在我耳边说，或许我能在那所医院里找到些什么，不只是我想要的陪伴（我能肯定的是，哪怕丽塔再疯，也仍会是我极佳的伴侣），还有那道秘方，能让我的生活变得好受一些。

我盲信直觉，进了精神病院，并非因为别的。亲爱的，我无论之前还是现在都不曾疯过，我从未有过什么——很抱歉，我知道你的联想已给了你这样的错觉——心理问题。为此我十分过意不去，真的。而现在，亲爱的苏珊娜，把你的想象力用在别的事情上吧：在脑中描绘一扇黯淡的窗户，它属于康复院的一间办公室——同样像是幻觉——靠近它，透过古旧无光的玻璃向内窥探。我就在那儿。入院的那个下午，我坐在坎普斯大夫——一位天真的弗洛伊德派医生，对那位维也纳大师的学说忠贞不贰——面前，他用他所谓的锐利眼神仔细打量我："给我讲讲您脑海里浮现的第一件事吧。"那男人试图对我展开分析。他无疑相信那套理论：大体上说，被测试者的第一记忆——他首先描述的事件——将被证明具有最重要的意义，它蕴含着那把钥匙，能够破解他内心活动的奥秘。

"来吧，讲讲您最先想到的东西。"他又将要求重复了一遍。我注意到，他尚未从讶异中恢复过来：没有哪个像我这样的老人会主动前来请求入院。他无疑习惯了那些为保护遗产而将亲眷紧闭在康复院里的家庭，是以他才如此吃惊。而现在——亲爱的苏珊娜，再走近些吧，贴上那扇黯淡的窗户，你会看得更加清楚——他正尝试着通过我的第一记忆来判断我是真的疯了还是在装腔作势。

很高兴这样做（我告诉他），因为积极的态度是祛病的良药。您瞧，弗洛伊德大夫，最先浮现在我脑袋里的是个玻璃的穹顶，华美至极，如今那剧院已经不在了。但我要说，这段留给我最深印象的回忆又总让我感到恐惧，因为在见到那片精致的穹顶后，我的目光继而撞上了某个同样巨大的东西——几乎与那穹顶差不多巨大，而且简单得骇人：一张嘴，一张大嘴。它称自己的设计者是那位创造怪物的博士，我指弗兰肯斯坦。一张嘴，弗洛伊德大夫。那张大嘴属于一名艺术家，他来到台前，穿着黑色燕尾服，一双戴着白手套的手中握着顶礼帽。那是巴里摩尔，我父亲说。他是魔术师，也是歌手，那张大嘴可把我吓坏了；他边唱边从帽子里拿出各种各样的丝巾和古怪的兔子；最后他莫名狂热起来，掏出一堆硕大的面具，玫瑰色的，特别宽大，也让气氛达到了顶点；流光溢彩，光怪陆离，对我这样的小女孩则是毛骨悚然。

那张嘴（我继续向弗洛伊德大夫倾诉）如此可怕，令我一辈子都心怀惴惴；直至今日，每次只要有人打哈欠，我都会有吓晕过去的感觉。这就是那张魔术师兼歌手的大嘴给我烙下的惊悚印记，它甚至框限了我的生活，把我变成了如今在你眼前的这副模样：这女人审视着自己的一生，不无感伤地发觉，她因谨慎行事失去了一切——为了不打搅别人，她总是踮脚度日，如履薄冰；她害怕打扰旁人，因为生活本身已经够复杂了，叫她如何还敢去给他人添乱；她不想打扰任何人，却不能阻止别人打扰她，因为很快就出现了一名追求者，日夜向她诉说着诸如"爱的重量压得我喘不过气"之类的蠢话，而她对这名追求者——从任何角度看都烦人透顶——的回应仍是轻拿轻放、不即不离；想着不耽搁人家，她最终嫁给了他（她思量着：不是他也会是另一个人，有什么区别呢），而为了不麻烦任何人，她服从了他早要孩子的喝令——别人都不肯麻烦了，何况丈夫呢——最后就发展成，这孩子——求他安歇吧——反而又成了让她最操心的人……她不愿打扰任何人，她害怕将面具发明者巴里摩尔那张妖异、恐怖的大嘴公之于众——在她看来，它象征着这个燕尾服与哈欠的世界里主宰着人们生活的深深厌倦。

上述这些我都跟弗洛伊德大夫说了（他不停记着笔记）；最后那句话（将燕尾服与哈欠胡扯在一起）是为了中和之前叙述中过多的理性成分——我是在很正经地坦承自己因过于小心而大受其苦的事实。我有意在末了那段跑偏了些，好让大夫觉得：这女人的话太清醒了，她根本就不疯；但临到尾声她又令人警觉地跑了火车，拐进燕尾服与哈欠的泥淖，有点风马牛不相及的意思，我不得不考虑到，这个老太婆会间歇性地神经错乱，就像任何女人，不知何时就给你来上一下，全无征兆，因为你看，我测试她也有一会儿了吧，给她做心理分析，可到现在我还得不出一个清晰的结论。

大夫这么想对我十分有利，因为我很乐意待在这儿，又不愿一直装疯卖傻——那太痛苦了，又烦又累。因此我采取了这个折中的办法，也就是，表现得像个清醒的女人，但偶尔也和所有人一样犯糊涂。我相信只要这么做，时醒时癫，就能将那大夫吊住，令他在诊断时摇摆不定，以赢得我所需要的时间，留在康复院中，直至找到我的朋友丽塔·罗维拉，那才是我真正感兴趣的。

当晚我就找到了她。我并没有告诉医生我第一记忆的全部。我只字未提关于我朋友丽塔的事：她也在那个剧院的穹顶之下，与我一同见到了那个怪物。事实上，那天——还有许许多多个日月——丽塔和我坐在一起，朝我微笑，看着深秋的阳光从巨大的穹顶中渗透进来，使面具发明者的嘴变得愈发恐怖。早在那么久远的年代，丽塔就已陪伴在我身边：她是我密不可分的友伴，甚至参与了我最初的记忆。我清楚地记得，那天，她在我身旁不断重复着：那是巴里摩尔——她说着与我父亲同样的话，仿佛是他女性版的轻柔回声。

实际上，丽塔始终以各种形式与我同在——哪怕她住在马里布的家里，而我，习惯待在马德里，夏天则去往阿利坎特的海边。她始终与我同在，在这充斥着可怕邻居与哈欠的世界，在这无聊生活中，一秒都不曾离弃我。

丽塔在许多事上特别像你。我和她也正如我和你，是我内心困惑与景仰交杂的情感推动了我们的结合。这结合也似巴里摩尔的嘴一般大——无论她还是我都曾经无数次想起它。

困惑与景仰，是的。就跟你我之间发生的一样。当我对世界的感受只剩下冷漠，将它看得沉重如铅，只愿蹑脚而过，隐藏而非展示着我强烈的厌烦与不适时，丽塔却——简直神奇！——以搜集跑车、印度珠宝等为乐，尤其是搜集那些有妇之夫。她卖力地抢夺他们，又以其疯子般的玩性，特别还要加上她席卷一切的——所以我才暗自钦佩她——活力，摧毁着他们。

尽管我们无论从地域还是性格来看都相距千里——我那么谨慎，她那么放肆；我睡在马德里的灰色楼房里，她在马里布与众神共舞——丽塔始终与我同在；我们能从茫茫人海中认出彼此，所以在康复院里找到她全不费工夫。那天傍晚，正如之前所说，我见到了丽塔；我在中庭发现了她。我想起俄国小说里疗养院或康复院常会发生这样的事：两个因疯癫或不幸被送进那儿的人在黄昏的漫步中相遇，夜幕降临，他们目光交错，互相为对方所吸引，于是在同一张铁凳上坐下来，交换起他们最初的话语。

同样的事也落到了我们头上，我看见丽塔如犯人一般，带着逃亡者天生的阴郁，在最幽暗的角落悠闲漫步，不时神经质地翕动嘴唇，像在对她的被囚禁提出小小的抗议。我走上前去，想告诉她，我是来救她的；我靠近她，与她四目相对，彼此感觉到了对方身上的磁力，便在同一张石凳上坐下，开始交谈。我很快觉察到，她没认出我——她的一举一动仿佛我是个完完全全的陌生人。但我同时也发觉，真正叫人认不出来的是她，她已不像她了；偶尔她似乎是彻底错乱的，尤其是她以电报式的语言说话的时候：那句子太过短促，模糊不全，别人必须去猜测她在讲些什么。

那是巴里摩尔，她突然笑着对我说，仿佛

回到了往日。这让我心生快慰，一时有了她是否恢复了记忆的念头。但随后我便发觉，事情恰恰相反。就好像记忆的碎片正从她前额纷纷脱落，我仿佛在观看一场奇幻的演出——就在那几秒钟，她公然倾倒着她的意识，悲剧地被剥离了所有记忆，她的大脑在慢慢清空。

讲述这些的时候，马德里正值午夜。亲爱的丈夫抢夺者，我最亲爱的苏珊娜，我写下这些字句时，马德里正值午夜。唱机里演奏着加布里埃尔·福雷的《安魂曲》——最适合悄然离去、寂寞辞别的曲段，正如我某日想到的那样，而非拜你所言。你可曾听过《安魂曲》？甜蜜安稳的旋律、澄澈的肌理——那么法式——天鹅绒般的配器、管乐的装饰：今晚的《安魂曲》像是为静默的死者而奏——愿我到时也能如此——他们与人安宁，于己平和，只望寂然辞世，不发出一点声响。

这是马德里的午夜，我在给你写信，而八

167

楼的邻居仍在固执地搅扰着我。若非你住得那么远，亲爱的，我一定会觉得他们是你花钱雇来逼我跳楼的。你是不是特别希望我这么做？我敢肯定你是这样想的，没有什么比这更值得庆贺了。但那首《安魂曲》——你没听过，是不是，亲爱的？——在此刻支撑着我。

尽管八楼那些该死的邻居还在使尽浑身解数，想令我重新陷入去康复院之前的癫狂，我只是听着那首曲子，写着这些句子，为了告诉你，我已撞见一项神奇的发明，无论何时何地，都不会再让我陷入你——亲爱的——所祈盼的疯狂的绝望。

八楼实在是竭尽所能了。我倒想听你说说，在家穿着高跟鞋正不正常？澡也可以洗一整天的？请告诉我你的意见。你在的那会儿，水声——你家整个就是个大浴缸吧，要不然我真不知从何解释——可把我逼疯了。这伙臭不要脸的，我的上帝，若他们真是你的盟友的话，我也算服你了。还真有这样的夫妻？八楼这对吸人血的狗男女，在城里开了好几家肉铺呢。他们应该是特别注意卫生吧——是出于良心不安？为自己沾满血污的身体感到恶心？但他们的确让我的听觉飞速长进。我对着镜子，从我沉静且（我也承认）紧绷的容貌变化里窥见，我所有的神经末梢都长久吸附于楼上丑陋的世界，以至于挤进了他们腐蚀坏了的木地板最隐秘的孔洞。连这对水生屠夫家地面最细微的响动也被我至为专注、至为勤勉地收入耳中。

那女屠夫马上就会找到理由走进厨房。仿佛我亲眼所见。这是她每晚的必修项目。我将听见一阵哐当作响，而后是令人神经衰弱——简直要人命——的水滴声，接着又会有什么东西掉到地上，一定是那些恼人的铝盘之一，它还会继续在地板上晃动几秒，真令人可笑。上述一切都在所难免；她走进厨房的那一刻，我必须停止写信，保持安静，做足准备，以防被

169

某记轰响吓得心惊肉跳。

有时我半夜醒来，在我卧房的灯光里会见到那位可怜的女屠夫，浑身湿透，伏身于我宽大的雕花床头下，两肘支撑在枕头堆中；这位活力论者的瘦小影子（面容却是你的）在墙上摇晃，悲伤而寂默地冥想着，汇成一声凄楚的求救。我得以向你当时制造的噪音与楼上传来的恼人声响复仇。那俩杀千刀的，出于不打扰任何人的一贯愿望，我从未抗议过他们；我咬咬嘴唇，忍了，因为明白，我可以那样做，因为清楚，我再不会陷入颓丧的癫狂——我已撞见一项非常实用的发明，从今往后，我将对它报以嗤笑。

是丽塔——就在我们康复院遇见的当晚——给了我撞见那项发明的暗示：她说起，从两个多月前开始，她每天都会收到一封寄往康复院的信：内容十分简短，发件者是个陌生人——看着像是位在匈牙利巡回演出的钢琴家——总用蓝色或绿色的小信封装着，取决于那一天他观看世事时所戴的——蓝色代表乐观——镜片颜色。

丽塔的第一反应是，那些电报式的短信会不会是她自己写的——那么像她错乱时含混不全的句子——而到了第三第四封信，她已不再有那样的疑虑，反而对自己说，那钢琴家存在与否毫不重要。他的信——我读了一些——确实写得简略、具有革命般的独创性，但抬头部分总是恪守传统，注明日期及所在城市；内容则一点也不循规蹈矩，准确地说是怪异，就比如："死亡是一种艺术，我尤其拿手"，"都说俄罗斯不知何谓热情，我是俄罗斯人"，"生活是思想的一种病症"……

丽塔收到的最后几封信——缺了最后一封，据她说，是因为坎普斯大夫不肯把信给她——用的都是墨绿色的信封，也就是说，里头包含着至为悲观的讯息；丽塔不由得怀疑，那位钢琴家的巡演是否已经接近尾声。

"你明白的，"当晚，丽塔对我说，"光是想到他的书信可能会就此终结，我就特别消沉。"我点点头，仅仅接了一句："我太明白了。"

而你，亲爱的苏珊娜，你不会知道我有多么明白那种感觉。此外，我无比感激她，她为我打开了通往那项重要发明——世上最优秀的发明——的大门。

那天，当时间一到，我们必须回到各自不祥的房间（我不知该如何称呼那些专为精神病患者准备的凄惨陋室），我思考着那位陌生钢琴家的书信——也许是丽塔错乱的精神造就了他——转而想到，有人写信是为了向某人或某物复仇；有人是为了躲避死亡的纠缠，逃离宇宙的哈欠；更有些人只是在打发时间——那也已经足够——好让自己挣脱癫狂——它迟早会成为我们所有人的威胁。我自语道，如果疯狂是个谜，书写也一样；不管怎么看，那位匈牙利钢琴家发来的讯息里，更多的不是疯狂的奥秘，而是——十分单纯的——书写的玄义：关于信的秘密。就好比我正在写的这封信，只是为了庆祝那项使我远离疯狂与绝望的发明，因为自落笔以来，我自觉摆脱了所有危险，尤其是当我察觉，从那项实用的发明中还可衍生出一项更为有效的绝妙发明。

与丽塔相遇的第二天，我正开始构思，却从她那儿得到了那个即将改变我一生的消息。她告诉我，她把那封被藏起来的信偷了出来——直到此时大夫还不愿意给她。"他是怕信的内容会令你难过吧。"我说。"完全不是你想的那样。"丽塔答道，她把信递给我，一副胜利者的姿态；而后，她神神秘秘地笑道："他们是不喜欢那上头的签名。"叫人吃惊的是，这次，写信者——用极其潦草的字迹——署上了他的名字。而信的正文则并不含糊，事实上，它太短了，以至于根本没法看出它是乐观还是悲观；

它超越了文字简略的极限："Fi"，钢琴家于巴拉顿扎佐。你也看到了，我亲爱的苏珊娜，除了这两个词之间巨大的反差——一个那么长那么怪异，另一个则那么短，甚至带着残缺——耐人寻味的是，他的简略过于夸张，以至于将字母"n"也从他格外节制的语句中吞了回去①。但无论如何，我们都该将其理解成，他的信与巡演同时走到了尽头。而在那简短而决绝的正文之后，紧接着是用极小的字体签下的朦胧署名——任谁都无法辨认，除了丽塔本人。

"那是巴里摩尔。"丽塔现出她最美丽的微笑，异常激动地看着我。那一瞬间我与她五感相通。在丽塔独特的闪烁目光里，我看见我的命运正重新回到正轨。对此我并不奇怪，因为这正是我一心追求的，是我来到康复院时的热切渴望；没有人会不求而获。我来到这所疯人院，就是

---

① Fin，意为"结束"。

想证实那个巨大的猜测：孤独是不可能的，因为有万千幽灵居住其中；我来到这儿，正是为了探寻这独一无二的时刻——我终于在晦暗但确凿的直觉的引导下，在我挚友——她至为温柔、至为疯狂，对我不离不弃——与我的目光的汇聚与震颤中找到了它。于是我不再犹豫；我去了弗洛伊德大夫的办公室，向他辞行："我是来见我朋友丽塔·罗维拉的，我见到她了，我要走了。"医生从架在鼻尖的眼镜上方呆呆地望着我。我几乎被他打动了。可怜的男人，没有一丝想象力，孤独地守着他该死的科学。此刻他显然一头雾水，开始颓唐地翻动纸堆，查询卡片，透过他的眼镜片向窗户黯淡的玻璃投去足以杀人的视线，最终他站了起来，用他可笑又可悲的痉挛声线对我说道："这儿没有什么丽塔·罗维拉。这位所谓的朋友是你生造出来的。"

我踮起脚，亲昵地按了按他的鼻尖——那副眼镜跳起舞来——答道："别逗了，弗洛伊德大夫，如果我打小的玩伴是我的发明，那巴里摩尔岂不是发明的发明？"他陷入了沉思。我趁机溜走了。这已经是几天前的事了。现在的我彻底解脱了。此刻我在家中静静听着福雷的《安魂曲》，对邻居的喧哗充耳不闻——那是每天这个时候必将掀起的巨大骚动，楼下的父子会就某些神秘事件展开激烈交锋。随他们去吧。我不听就是了。我已超脱一切，沉浸在《安魂曲》中；最重要的是，今晚，有好友陪伴着我。

只因为巴里摩尔也同我一起逃出了康复院，逃出了那封信；如今他就在我身边，监督我写下一字一句，和我说，别忘了再提一句，马里奥临死前把你记成了个煮土豆。其实巴里摩尔并不想伤害你；他无比美好，不愿打搅任何人。他拥有且永远将拥有远超于你的活力。他觉得这个燕尾服与哈欠的世界问题重重。但这种感觉——与我相通的感觉——在他而言却与仇恨无关，反而体现着对生命的尊重。巴里摩尔是个高尚的人，尽管他面目可憎，生着一张弗兰肯斯坦式的阔嘴，以及如世界最高的穹顶一般巨大却因恐惧而倾倒的额头。

巴里摩尔不希望我伤害你。他反对我屡屡重申自己不想轻生的举动。他说，你已经经历过那么多次失望。巴里摩尔他真是个人物。同时他也是项伟大的发明，从最优秀的发明中脱颖而出。他是个非同小可的发现，因为他说，只要我受到诱惑陷入绝望，他随时准备代替我自杀。巴里摩尔称，死亡是一种艺术（也只是一种艺术），他尤其拿手。他思考着我所思考的一切。他说，他一天天地度过，听着命运的齿轮不停转动，叹息地编织着古老又古老的故事——憎恨与复仇。巴里摩尔他真是个人物。他那么像我，只说道，他也愿寂然辞世，不发出一点声响，小心得有如他曾经的生活。只要不打扰他的同类，巴里摩尔他无所不能。他对不打扰别人太过执着，以至于刚才告诉我，今晚我若陷入颓丧的疯狂，而他必须替我去死，他将——注意了，我亲爱的煮土豆，细节相当重要——在纵身跳下的那一瞬间，合上他身后的窗户。

他们让我说出我是谁

　　他们让我说出我是谁。他们告诉我，为满足我个人的虚荣心（我并没有，但不管怎样，就随他们好了）和读者自然而然的好奇心——这段关于大画家帕尼索·德尔·巴列生平最阴暗的经历的证言还算有趣吧（他们说，这点最重要了），他们很可能会对它的作者感兴趣——请赶紧介绍一下自己。

　　那么恭敬而谦卑的自己，概因我不过是个可怜的魔鬼，生于加泰罗尼亚滨海托萨的这个亲切小镇，而今我在这里写作，同时自语道，这是世界上最好的角落之一，这么说并非缘于我出生于斯，因为事实上有一些地方让我更加欢喜，也让我觉得更有感情。

比如巴巴库阿。

我在毛头小子和不那么毛头小子的年纪曾做过二等海员，总在东南非地区的港口间活动，具体地说就是比卡内尔和莫桑比克（我的平底拖鞋就叫这两个名字，作为对这两个神奇地方的致敬）。而我生命中让我感到骄傲的资本恰好也是两个：首先，我是无师自通（我总爱证明，"在海上混的都是些文盲糙汉"的说法毫无根据）；其次——谈到这个总让我浑身起鸡皮疙瘩，它和我曾在巴巴库阿半岛（因大画家帕尼索·德尔·巴列所画的原住民肖像而声名鹊起，同时又如此乏人问津——帕尼索本人首当其冲）南岸驾驶捕鲸船有关——确实，我在那半岛上备受敬爱，我愿某天能够回去，甚至葬在那儿，留下那样一条简单的墓志铭：他曾在我们的海岸捕鲸。

一切事出偶然。那个无月的冷夜，远海中

飘着长久的细雨，距巴巴库阿南岸还有好几十海里时，大画家帕尼索·德尔·巴列——一身与我几无二致的灰色雨衣——靠上了我所倚着的栏杆。这艘船颇以自己的履历为傲（它一点也不比"漂亮朋友"号逊色，纵然后者拥有值得载入史册的龙骨），正将我们送往那个遥远的国度：我曾在那儿备受拥戴，我曾在那儿——那是什么样的日子啊，人们行走，却不知时间也在同我们一起行走——驾驶过一艘美妙的捕鲸船。

那是 1917 年 1 月 5 日，我俩穿着相似的雨衣，在深夜的暗影中显得如此对称，但去巴巴库阿的目的却截然不同。我是去收拾铺盖的（通俗点说就是这样），为目标滨海托萨的返乡之路——或许再不会回来了——预作准备。而帕尼索·德尔·巴列则是匿名地踏上了这趟孤独而令人振奋的旅程：巴巴库阿，他还从未踏足。他去往的是那想象之地，赐予他至高名望的辽远半岛，二十多年来他不知疲倦地画着它（尤其是那些原住民，俨然高更再世），却从来没想过要踏上它一步。

还记得我俩隔着咫尺久久静默，直到朦胧的地平线上勾勒出南岸的薄影，方方正正，有棱有角，是比漆黑的天空更黑的黑色。那一刻，画家像被奇怪的簧片顶着，缓缓转过身来，目不转睛地看向我。我当即做出了与他相同的动作，也就是说，以同样骄横的眼神直愣愣地瞪了回去——在我看来，他的目光就是骄横、直愣愣的。

我们就这样对峙了几秒钟，于我仿佛几个世纪，陪伴着我们的是轮船的号哭。周遭一切——一切的一切——都在落泪：吊杆、护栏、每根绳索。哀伤的情绪盘踞于此。这里那么像世界尽头。我还记得，在那永无止境的几秒钟里，为了拼死维持视线的强度，我开始想别的物什，特别是我寝舱舱壁灯的摆动——它以万象吊索为轴线画着完美的圆，好让我的目光显得离当下复杂的境况——全无来由的眼神比试——那么地远，同时又那么地近。而帕尼索·德尔·巴列也强撑着他如炬的视线。于是我唯一的遗憾就只剩下，我还没弄清楚他是借着哪种既遥远又极富暗示力的景象才达到与我不相上下的目光强度。

我们就这样经历着短暂而激越的几秒，我不住地提醒自己："对付那些胆敢用眼神挑衅的人，没有比转移注意力更有效的了。"我们就这样相持着，直到巴巴库阿南岸染上第一抹紫红，帕尼索·德尔·巴列才决定开口。他不知怎的猜到了我是西班牙人——最可能的是他听到了我与水手长之间的对话——于是用西班牙语和我交谈。

"您不是巴巴库阿人。"他微笑着说道，口气显然是和蔼的，但说实话，我这辈子还从未感觉如此困扰。关键在于，他不是在提问或猜测，他不是。他非常肯定。"您不是巴巴库阿人。"他是谁啊，就敢这么说？这种凭空而来的自信让我烦躁。令我恼怒的是，这个据我所知从未劳神登陆巴巴库阿的人竟然自认是个半岛通。更令我愤怒的是（我们自学成才的人都挺敏感，这点我承认），他都没有想过那种可能性，即我认出了他，我在那艘船上侦测到了大画家帕尼索·德尔·巴列的存在。他无疑将我看成了某个愚昧无知的人：在海上混迹多年、对艺术界一无所知的、可怜的老水手。这点深深激怒了我。

"我看过您的《围着圣杯的巴巴库阿人》。"我说道。

"抱歉？"

"我从不接受别人的道歉。"

"不，我是说，很抱歉，我没明白您的意思。"

"我太了解它们了。"

"谁们？"

"您所有那些稀里糊涂的原住民肖像。"

他还在装腔作势，露出一副摸不着头脑的样子，假装自己不是帕尼索·德尔·巴列，而我则像疯子一样在自说自话。但他确实听懂了，况且，他的紧张出卖了他。

"糊涂？您指原住民还是肖像？"他终于挤出个无比生硬的微笑。

"我指您的画笔。"

他当即意识到，继续装下去毫无意义，瞒天过海的计划已告失败。

"我是不是应该认为，您知道我是谁？"他问道。

我似乎看见，我，或许就像世界上大多数事物一样，激发了植根于他内心深处的不信任感。

"您的确应当这样认为。"我答道。

"那关于我，您都知道些什么呢？"

他的问题让我怒火重燃。他仍旧拒绝将我视作文化人。我凭什么不能记住他的作品？

"我知道些什么？譬如说吧，您就连在画里也从没真正到过巴巴库阿。"

"我说伙计，画里我还是到过的好吧。"他笨拙地自嘲着，想必有些惊恐：一个像我这样的老水手竟如此了解他的生平。

"我还知道，"我说，"但凡您来过这鬼地方哪怕一回，就会发现，您在所有画作里犯下了多大的错误。竟有评论家称您为'最后的现实主义者'，每次想到这个我都忍不住要笑。上帝啊，这也太愚蠢了。"

"咳，您差不多就行了啊，"他略显不悦，"您这些结论都是从哪儿得来的？"

"从……"我指着一团恰才出现、突然而及时的雾霭；它们急速凝聚，掩住了巴巴库阿南岸的轮廓。"您这都什么鬼，"我说，"到底怎么想的，能画得跟现实中的巴巴库阿人有那么大的出入？"

"您是在说我么？听着挺新鲜。"他笑道。

这派嘴脸令我大光其火，我决意展开进攻。

"我看了觉得特别遗憾，"我告诉他，"您那群围着圣杯的巴巴库阿人、天使心肠的原住民男女。您的画就像一团用错误和成的稀泥。到巴巴库阿您就知道了，那儿的人可不是什么鼻孔穿着骨头的痴呆土著。您最好明白这点，他们热爱的是真正的魔鬼。他们就是魔鬼，和你画笔下的人物没有一点关系。"

"行啦行啦，"他再次抗议，"您不是讲正经的吧？您可真像是来砸场子的啊，朋友。再说了，我也没画过鼻孔穿着骨头的原住民。我画中的他们都是文明人，安静地坐在黄昏的咖啡馆里——我就随便举个例子。"

"可你画的这种人根本就不存在。我在巴巴库阿从没见过这样的男女。当地人比魔鬼还坏。而你画里的人却和蔼可亲、安详幸福、心怀坦荡、待人至诚，像驴一样，好似善良可敬的基督徒。与现实相去千里。"

他一脸懵怔。

"像驴一样？"他问道。

我佯装没听见，不想对这个问题解释过多。

"我只想告诉您，"我接着往下说，"在巴巴库阿人身上，常常体现着真正的罪恶，可能超过地球上任何一个角落——您要记得，这里正是地球的角落。"

"地球的角落。"他重复道，脸上挂着浅浅的微笑，就好像我犯了什么表达错误。

"我说错了什么还是我有什么说错了，微笑先生？"

"您讲出来的东西奇奇怪怪的。"他答道。

"想必是烟雾的错。"我有意用前后不搭的言辞来迷惑他。

"特别奇怪。"他又说了一遍。

有几秒钟，我们一言不发，似乎刚才的对话——尽管简短——已让我们疲惫不堪。最终，是我打破了沉默。

"我猜您一定在想，'真正的罪恶'是什么，不是吗？"

"没有。实际上，我什么都没想。"这是他欠抽的回答。

"可不么，有这工夫您更愿意看看海。"

"呃，也不能这么说。有这样的雾，谁都会选择看海吧……"

"所以您还是想知道真正的罪恶是什么咯？"

"完全不想，不过要是您那么坚持……行吧，我就问一句好了。那在您看来，我的好伙计，什么是真正的罪恶呢？"

他自诩聪明，但他的所作所为只会让我愈发嫌恶他。他这个人，还有他的画。伟大的帕尼索·德尔·巴列！最后的现实主义者……

"这可是您自找的。"我说，"首先我得告诉您，您那幅赫赫有名的《手持布偶的巴巴库阿女孩》在当地已经沦为笑柄。每天都有巴巴库阿人对这张错乱的肖像画大加嘲讽。"

"真不知您为什么说它错乱，我只是惟妙惟肖地把一张照片临摹了下来。朋友，我看不出这有什么问题。我每一笔都是严格照着照片上的女孩画的。事情就是这样。"

"这恰恰是问题所在。冒着被您认为是卖弄的风险，我也得说，快照是现代罪恶的表征之一，总带着欺骗性。"

"噢，行啦，谁教给您这蠢主意的？"

"我自己想的，此外它一点都不蠢，"我发火了，"真正蠢的是您画里那个拎着布娃娃的做作的姑娘，而且只有在您笔下才显得蠢，因为在实际生活中……她叫兀德易姬，和其他所有巴巴库阿女人一样，狡猾得很，好似心中住着恶灵，最大的特点便是记恨与吃醋——其实是一回事——对一切都抱着嫉妒。嫉妒是——恐怕您不知道——这个国家的普遍爱好；嫉妒还是——恐怕您同样不知道——'真正罪恶'的最明晰的征象。"

"很遗憾，先生，我把这女孩画得甜美娴静，一点都不嫉妒。为此我向您致歉。那么好了，没把她画得嫉妒真是什么很严重的问题？"

"当然，"我语气强硬，"尤其要考虑到，您总夸口自己描绘的是真实的巴巴库阿，却忽略了如此基本的细节，即，在当地，女性无一例外都是鼠肚鸡肠的人，打小便算计着如何将她最好的朋友的布娃娃赚来，待成年了，又想成为她最好的朋友的老公。错了，我的意思是，她们总嫉妒她们最好的朋友会拥有那样的老公。"

他又一次露出了他自负而令人厌烦的笑容，这次自然是因为我刚才的口误，但我若无其事地说了下去。

"因为嫉妒，"我告诉他，"巴巴库阿人是会杀人的。他们可以为了一个最不心仪的布娃娃动刀子。您的巴巴库阿人嫉妒成疾、嗜杀如命，而您对此一无所知。"

他久久地注视着我，似乎想弄清我是疯了，还是在说实话（我就想给他打剂预防针，他将在巴巴库阿见到什么样的恐怖景象），抑或只是个穷极无聊的话唠。

而我无意投入新一轮的眼神比拼战。

"听着，"我道，"我看过您许多的画作，许许多多，尽管在您眼中我只是个没文化的穷水手。我要告诉您的是，您是画家，我只求——我只要求您一件事：您与您笔下之物的关系必须是直接的，不存疑问，必须是真实的，哪怕这种真实除了画作本身再无其他的生命和具象。所以我才如此愤怒：您与巴巴库阿的现状保持着如此荒唐而不负责任的关系！您对您所描绘的东西从来没有担当。您画巴巴库阿人就像在画弥撒书里的插图一样。我实在鄙视您的轻浮。"

"我特别羡慕您。您真幽默。"他只回了一句。

我隐藏起我的挫败感。

"看来您是不愿悔悟啊。我只是试图让您明白，接受现实，服从现实，现在还来得及。"

"行了，好伙计，行了，好吧？我倒觉得，确实还来得及；我还来得及一走了之，您就在这儿自娱自乐您那些船舷故事吧。"

直到那一刻我才意识到，虽未表现出来，但他心里也有了些许不安。他在说出"我还来得及一走了之"时，恰恰说明了，他已于不知不觉中开始相信，自己再也没法长时间忍受我向他陈说关于他虚假而错乱的画作的真相。

这使我备受鼓舞，我填满弹药，再次进攻：

"您一定很为——譬如说——您鼎鼎有名的巴巴库阿宗教系列画骄傲吧；那些名作中，神父们播撒着真理，背景是不可言说的矮赫火山。漂亮，先生，确实漂亮，但大错特错，因为它们反映的根本不是巴巴库阿的现状。对，哪怕只是在画中。说到底，您应该十分满意自己的

193

作品吧，但我只想告诉您一件事——请原谅，这是我的义务——我就想说一句：'您还不得羞愧而死啊。'"

"好好好，我看您是杠上我了。"他摆出一副全然未受影响的姿态，"那您就说说呗，我的宗教系列画又怎么了？又画错了？"

"不能再糟了。没有什么会比您的宗教画更脱离现实。您要知道，在巴巴库阿，所有人，包括神父在内，都谎话连篇，显然您对此并不知情。谎言——也到了您该醒悟的时候了——是真正罪恶的又一个清楚表征，它统领着整个巴巴库阿，甚至有专门献给谎言的纪念碑。它是半岛上下共有的另一个爱好。而您呢，好伙计，"我将这句羞辱原封不动地还给他，"继续画您那些糊涂的神父吧，仿佛他们传播的是大写的真理。您当然不晓得，他们崇拜的是谎话。知道为什么吗？太简单了，为了留住客户啊。他们明白，只有谎言才能吸引教民，所以他们乐得投其所好：一出出鬼话轮番登场。正因如此我才觉得遗憾，或者更准确地说，觉得好笑：您竟把他们画成了正直的人，甚至闪耀着圣洁的光。"

"我信不过您。"他说。在我看来，他开始有些担忧了。

"此外，在巴巴库阿，"我继续说道，"所有人都是诋毁者，每个人都在不遗余力地传播他人的谗言。而这一点，可以说您那些名画同样没有反映出来。您那些坐在日落咖啡店里的安谧缄默的巴巴库阿人，哪像会说人坏话的？全在望着地平线，简直可笑。一个个都好文静啊。看来您是不知道，一到傍晚，巴巴库阿的咖啡店就会被刻苦磨炼诽谤技术的人占满。若您描绘的是现实，您就该这样给那些画作命名：《蛇蝎半岛上的罪戾黄昏》。"

帕尼索·德尔·巴列微微低下头。他似乎更加担心了。

"您会看到的，"我又说，"我们就快靠岸了，您马上便能验证我说的是不是实情。我说'马上'是因为，就在您的双脚刚踏上巴巴库阿的那一刻，当地人无情的中伤就会杂沓而至。他们会不会认出您来并没什么影响，他们会即刻掀起造谣攻势，且乐此不疲。您会发现的。他们就是这样。他们总在期盼新人到来，好开辟新的战场。您都不晓得他们有多么热爱这项全国运动。而诽谤——要是您还不知道，也没能猜到的话——也是真正罪恶的清楚表征之一。他们对污蔑的热情已经达到无以复加的程度。而您呢，自始至终都把他们画成了纯洁无垢的人。瞧吧，您还将其中一幅作品题名为《原始生活的清新》……您太好笑了。"

"可这画和这名字都不是我的啊。"他抗议道。

"说不定就是您的呢。因为这就是您的绘画哲学吧。您就数这个题材最成功了。我指的是那些画着原住民的作品，他们在黎明的沙滩上跳舞，当中总得放着堆篝火。这些画背后潜藏的思想再清晰不过了：原始生活的清新。"

我说着说着，自个儿就笑了，感觉胜券在握。只瞅瞅帕尼索·德尔·巴列那张吃瘪的脸就知道了。于是我又讲了下去：

"您同样不了解的是——您对巴巴库阿就毫无了解——他们舞蹈也是为了造谣中伤。只是在这种情况下，他们的闲话是说给篝火听的，它是婑赫火山微缩版的象征。所以他们才跳得那么勤。正因为酷爱诽谤、想让篝火聆听他们的流言蜚语，他们才在清晨的海滩上舞动不倦。"

我看见他疲累、忐忑、一片茫然。我这番话似乎令他十分不爽。尤其当他发觉，我好像没在骗他。他有直觉，我正引领他触碰那些残酷的现实，他的画作已谬以千里，他在巴巴库阿登陆之时就会亲自证实这一切。

"巴巴库阿就是个恶魔的族类。"我直视着

他的双眼。

我首次在他眼中看到了退缩，想必是撑不住了。见他想溜，我当然得全力以赴将他留下。

"其实下船时他们怎么说您都无所谓吧?"我说，"他们早就道尽了您的坏话。从来没有哪个巴巴库阿人告知您，给您写封信什么的? 大概没有。您与当地人怕是没有任何接触吧。"

"倒是有个巴巴库阿女孩寄过信给我，告诉我，他们过得特别幸福，全地球都找不到那么幸福的民族。"

"我就说他们爱说谎嘛。"

"是啊，我都不知该作何感想了。"

"他们说，全世界的糊涂蛋加在一块儿都比您清醒，要不怎么解释您画出了一个全然不同的巴巴库阿呢。"

他陷入了深深的沮丧。

"对不起，我可能太直接了，"我说道，"但从第一刻起我就觉得这是我的义务：您在抵达巴巴库阿时将会发现什么，我必须先给您提个醒。"

"先生，非常荣幸。"他又一次试图向我辞行，"也不知您说的是真是假，不过不管怎样，我得走了，我不想知道更多了。"

他转身朝寝舱走去。雾霭始散，令人不安的巴巴库阿南岸即将再现。我们很快就能再度见到那抹比阴霾的天空更加晦暗的方正薄影。

我想碰碰运气再留他一会儿。

"巴巴库阿人都懂得说反话。"我喊得挺大声。

他果然停住脚步，缓慢回转身，虽有些犹豫但还是踱了回来，重新站到栏杆前。

"您说什么？"他问道。

他的眼中闪过一线希望。

"要是您有哪次，"我告诉他，"在给画作题名时用了反语，那至少在这一点上，您是与这个民族颠来倒去的性格相吻合的。"

他倏地快活了，我也一样；我略施巧计又

把他给套了回来。

"好多年前我就知道他们爱说反话了，所以我许多作品的标题也是用的反语。这方面我可不能算是一窍不通。"

他突然顿住了，陷入了思索。过了一会儿，他一脸得意地补了句：

"您真看过我的画吗？"

原来我之前都在骗他；面对这种可能性，他容光焕发。

"您不就是那个骗子、诋毁者、真正的恶魔么？"

他放声大笑；他欢悦至此，欣喜若狂。直到此时他都太过紧张了，这理应受到补偿。

"我更愿意不答。"我说。

我当然知晓那些标题中的反话。任哪个帕尼索·德尔·巴列的观众都不会忽略它。不仅如此，事实上，凡有人问起这位画家，人们首先提到的便是这一点。就那个用反语给画起名的嘛，是个人都会这么说。我之所以佯装不知是因为，只有这样我才能将画家留下。我可不想孤身一人。

"有没有错呢？"他狂喜着，"您不就是那个骗子、诽谤者、爱嫉妒的家伙吗？现在我可算明白了，怎么刚才就没想到呢？您之前所说的一切不都是因为妒忌吗——我的名气、我的成功、我与现实之间的紧密关系？"

他陡然狂妄起来，仍旧那么好笑，想想五分钟前他还像是地球上最悲哀的男人。

"所以您不知道？"他满面春风，"我有好些作品，恰巧是最有名的那几幅，都是用反语命名的呐。您这反话提的，伙计，您这提的。是不是特别出乎您意料？"

我本可立即让他羸弱的喜悦消失，问他那幅《手持布偶的兀德易姬》怎么就没用反语呢，该叫"姬易嫉、德兀妒"才对吧。这应该就可以了。然而我什么都没说。我更希望小心应对，因此我将他最后那句话倒着说了出来。

"要了亦屋呵屋吃耶卜恶忒事无卜事。"我等着，看他如何反应。

他懵了，甚至可以说有些恐慌。他不是白痴，立刻意识到我在说着反话。尴尬地沉默了几秒后——他不住骇望着我——他最终说道：

"您是巴巴库阿人。"

我怒了。他还觉得自己什么都明白呢。这么看来，他仍旧以为自己可以随便决定我的国籍。先前他把我当成文盲、当成呆傻的老水手也就罢了，如今他又把我说成是个鼻孔穿骨的原住民，我再也没法克制了：

"您真是疯得可以。就这样还有人把您看成是最后的现实主义者……"

"这位先生，"他又想要撤，"很高兴认识您。"

他伸出右手的当儿——这足以证明他还没决定要不要走——我又向他描述起更多的恐怖：时间原因，我还来不及细说巴巴库阿人其他残酷恶劣的性格。而帕尼索·德尔·巴列只是惊异地看着我——好像我才是疯子——怀疑我说的是不是实话。他像在自言自语：我不能相信他，伙计，那些人不可能坏到那个地步。

而我巨细无遗地解释着，巴巴库阿人不仅——像我所说的那样——善于撒谎、嫉妒、诽谤，而且霸道、吝啬、心术不正，总爱毒害那些纯真的灵魂。

"这就是，"我告诉他，"他们为人处世的七个特征，也恰好是真正罪恶的七种重要体现。无知的您却把他们画成了小天使。"

"先生，很高兴认识您。"说着，他掉转身子，这回像是铁了心要把我一个人晾在甲板上了。

于是，我犯了那个错误。

直至此刻我还只是在警告他，他会在巴巴库阿看到怎样黑暗的现实——下船就是，一点也没瞎说，可目睹他回舱的脚步那么决绝，我说谎了，我同样成了真正巴巴库阿的背叛者，一切都是为了再留他几分钟，一切都是为了免于孤单。

于是，我犯了那个错误。

"有没有看过这些照片？"我问道。

我将我朋友、水手长何塞送给我的三张在莫桑比克港口摄下的恐怖快照拿给他看，上面是部落战争后的一片狼藉，而我却对帕尼索·德尔·巴列说，那是几天前在巴巴库阿的押姬兀施亦俄的厄之墓拍的——那儿更为人所知的名字是"现实主义者的行刑场"。

"您见到的所有这些尸体，五马分尸的，遍体鳞伤的，都会依照巴巴库阿的习俗自然风干，然后送去它们最后的归宿，矮赫火山。"

"照片是不会骗人的。"我用他自己的话回敬他。

我得说，我为自己扯了这样一个谎悔恨不已。但事实是，这并非出于恶意，我仅仅是想留住他，让他再在甲板上待上一会儿。而如今，的的确确地，我后悔了。我感觉很难受。但谁会知道，这几张摄于莫桑比克的相片竟成了最后的导火索，令大画家帕尼索·德尔·巴列接受了那个事实，那个不争的事实——他做了一辈子的恶德画家？

恶德画家总是或多或少地知道自己的身份，因此也必定心有亏欠。我只是在帮大画家帕尼索·德尔·巴列认清现实，让他明白，绘画若非危险的，便什么都不是。

"我得走了。嗯，我想我得走了。"他说，我只觉得在他脸上读到了强烈的不适，也许正是那份内疚，"我有幸和谁进行了如此愉快——我是说，不快——的交谈呢？"

"不快"一词使我不快——我得为我的重复道歉。我又犯下了一个如今看来严重至极的错误，就像有时一个误会会引致另一个误会，我犯的错误也是接二连三。

我把我的护照递给了他。

我的两个姓——加泰罗尼亚特征那么明显——想必让他宽心了些。虽然短暂，但总算令他轻松了一会儿。

一小会儿。他欣慰地望着地平线，婑赫火山在巴巴库阿南岸的映衬下，已相对可见。雾散了——之后还会骤然回返，半岛附近的自然环境就是这般反常——接着是几秒钟的宁静：唯一的、难忘的、最后的几秒钟，因为很快他就致命地一个闪念，高声将我的复姓倒着读了出来。

"Satam Alive。①"他念道。

我打赌全船的人都听见了。他的嘶吼声与船的悲鸣声合二为一。

"撒旦活着。"我假装善意地圆上点睛的一笔。

若我说他的脸都发紫了，那是说浅了。

就像一出好戏陡然落幕，帕尼索·德

---

① 作者恩里克·比拉–马塔斯的西语拼法为 E. Vila-Matas，倒着读即为"Satam Alive"，与英语的"撒旦活着"即"Satan Alive"谐音。

尔·巴列带着他骤变的脸，径直朝寝舱走去，连道别的话也没说一句，直至抵岸都没再出来。

我们在巴巴库阿的菲乌港登陆时，雾霭复现；雨林浸得有些发黑；无论桅杆还是甲板绷紧的凉棚上都弥漫着湿气。清冷的早晨在这个季节并不常见，不过说实话，在这种气候环境下，出现什么都不奇怪。

我倒数第三次望向帕尼索，他忧郁的侧影溶解在冰冷的晨光中。他像在躲着我，躲着自己，躲着那些糊涂而瘆人的画像，躲着所有。而后，他跳上码头。他穿着宽大的裤子——无疑是他睡衣的下半截——和花衬衫，没带行李；他把行李留在了船上。

那天早上，我看见那个穿着睡衣的疯子行走在无常的雾里，心想我应该再也见不着他了。果真如此。他遁入丛林，不忘向我投来一个——作为告别的（一些朋友对我说，我那么讨厌，那必定代表着永恒的仇恨，对此我十分怀疑）——怅然而顺服的眼神。

现今我只能指望，将帕尼索·德尔·巴列穿着睡衣疯癫登岸前所发生的一切公之于众会有助于揭开大画家的失踪之谜。而我只想补充一句——虽然我懂得也不多——要想穿着睡衣从巴巴库阿危险的雨林里全身而退根本没有可能。所以我猜想，在最后时刻他采取了一种如此感人而可敬的姿态，决意——平生头一次——铤而走险、投身现实。

至于我，之前也讲了，是个潦倒的魔鬼——准确地说，是"那个"潦倒的魔鬼。我已厌倦了我的身份，坏事干了那么多年，我写着写着也觉得，我想消失了。我清点过所有自杀的方法，总觉得不如意，最终我决定不停胳肢自己，直至死去。就把我葬在巴巴库阿吧，我曾在它的海岸，驾驶过——它应该就在那儿，俨然鲸鱼之主——一艘捕鲸船。

至死不渝的爱情

教师并不是个令人兴奋的职业——要我说，做校工都可能更激动人心——却有几大好处：总能令人吃惊地接触到人类的平庸（这样一来，你就永远不会忘记你的真实所在，忘记我们生活在什么样的世界），此外还有好几个月的假期。我最爱八月。所有人都从萨拉戈萨逃了出去，到肮脏的沙滩去吃有毒的冰淇淋，剩下我和我奶奶，在格兰维亚大街的房子里无比清静。于是我俩抽烟。她抽的烟斗。这挺不招人待见的，她年轻时，抽烟的女孩会被认为不三不四。这话她对我说过无数遍，每年都说，一到八月，家里终于只剩下我俩，这会儿她——与她"奶奶"的身份十分一致——便会或多或少地觉得，自己有义务给我讲两个故事。而她讲故事的目的并非为了更有奶奶的感觉，只是为了防止我向她倾诉我编造的轶事。每年八月我们都得进行一场和谐而激烈的持久战，看谁能给对方播送更多的故事。她总是恪守真实，所以每到八月，她都会将她当年一袭披巾、两耳生烟、在圣塞巴斯蒂安贝壳海滩掀起轩然大波的事重复一次。

家中烟雾腾腾——这很自然。我一支接一支地抽着烟，把烟头扔进那台亲爱的旧排风扇里。这倒霉家伙已经不排风了，尽管这会儿似乎也无甚必要：天挺凉的，满是乌云，不久便会有一场大雨。我若无其事地将罪恶的尸骸——耗至最后一厘的烟蒂——掷向那台不再排风的排风扇。我委实不知"若无其事"一词用在这里是否合适，因为我相当忐忑，怎么都称不上什么事没有，况且奶奶正用无比暴怒的眼神瞪着我。

"我还等着呢，安娜·玛利亚，你倒说说这三天你都干吗去了，撂下我一个人。"她看上去真的很生气。

箱子还在走廊上。我刚从赛尔勒的周末旅行中归来，那是阿拉贡比利牛斯海拔最高的小镇。奶奶指望我能立即给出解释，她严肃地看着我，吞了口烟。我则在沙发上吸着烟，试图叫她冷静，尽管我首先要做的是让自己定下心来。我太累了，心灰意懒，身心俱疲。我只想将我的所见所闻告诉奶奶，顺便弄清楚，这些日子里到底发生了什么。

我对编故事尤其热衷，但我要告诉奶奶的——我现在必须告诉她的——不幸却是事实。我不知该如何开场，也不确定她是否会相信我，但倘若只是简单概述——也就是说，仅跟她讲讲那场灾祸——可能会导致两种结果：要么她不信，捧腹大笑（这只会让我更加沮丧难过）；

要么她信了，急火攻心（最近这些日子，任何出乎意料的凶讯都会将她推至衰竭边缘）。所以我得慢慢来，好让她自己——一步步地——预感到故事最终的悲惨结局。

"我不说了嘛，奶奶，是费尔南多叫我去的。"

奶奶脸上摆出了假装的困惑神情：她明知道我在讲什么。我真想杀了她，把那噩耗嘭地扔出来算了，但想想还是别。她怒视着我，估计在思忖着，这次我又会说出怎样的疯话。我确实总在胡编乱造——我太喜欢钞票飞天的桥段了，那是我的最爱——也难怪她如此多疑，总觉得我又要说出另一些疯话。

我仍在抽烟，吞云吐雾。朦胧中，我说道：

"费尔南多叫我去他位于赛尔勒的房子，我跟你讲过的，奶奶。他最近有点麻烦，求我帮他一下，我真的告诉过你。你也知道，费尔南多是我最好的朋友，我没法拒绝。我不说了三天嘛，说三天就三天，你还想我怎样？总共就只去了三天，说到做到，你是觉得特别寂寞还是怎么的？"

奶奶没有接话。沉默不代表默许。我连忙继续，讲述起费尔南多与贝阿特丽丝之间伟大的爱情故事。

"他急切需要我在他身边，因为他心仪的对象，贝阿特丽丝，我提过很多次的那个，去赛尔勒看望他了，还带上了她新交的男友。而费尔南多在邀请她的时候根本就不知道会有这出。所以他才请他最好的朋友，也就是我，帮着——怎么说呢——阻挡一下那位不速之客。有点移东掩西的意思，这么讲你明白吧？"

"你紧张什么。"奶奶说。

"你就说你明不明白吧。"

"不明白，"她说，"一点也不明白。"

她的话不无道理，我有点太急太慌。我该说得慢些，好让她听得更加了然；我该学着像她一样，不过说实话，她说得有点规整过头了，还老是重复，翻来覆去地讲。我闺密跟我说，这是因为她只有一个故事。如果这是真的，那我要比我奶奶强些——我至少有两个：飞天纸钞（直至今日，我编造出的故事大抵都与之相仿），以及赛尔勒的这个周末。天呐，我竟然有两个故事。但我宁愿没有这第二个。此外我觉得没必要再拖，虽说为最后的凶讯预作心理建设挺有益处，但也不用讲得这么慢。我早该给费尔南多对贝阿特丽丝的爱定调了。我该告诉奶奶：那是一段非比寻常的爱情，抑或不应存在于这个年代的真正的爱情。我该多谈谈费尔南多的一见倾心，自他第一次见到贝阿特丽丝起，他就再没有关注过第二个女人。一件很遗憾的事就是，他早就认识我了，却总把我当作朋友，即便我加倍努力，盘算千遍万遍，也再无机会扭转这样的现状。

我对奶奶说：

"可能这样讲更清楚，费尔南多对他的初

恋始终不渝。从他见到贝阿特丽丝的那一刻起——都快满十年了——他一直不可救药地迷恋着她。他告诉自己，谁也没法取代贝阿特丽丝的位置。可他不曾向她表白，只盼着她能与他心意相通。但这种情况并未发生，他逐渐尝到了不可能的爱情的快乐与苦闷。"

我瞧了眼奶奶，她仍旧一脸愤怒。她显然觉得我在骗她。我敢肯定，她马上就会再次抛出那句评语：你这个编故事狂魔。可我坚持认为我该继续说下去。

"我想费尔南多是故意爱上这种表达感情的方式了：你我都不好过，因为谁都选择守口如瓶、永远不回应对方（可以确定，将来也是如此），但这不失为一种解脱，因为被人爱上也是件挺可怕的事。这样你有没有听懂些，奶奶?"

"没有，一点也没懂。"她说。

"一点也没懂?"我几乎是喊了出来。

"你真紧张啊，安娜·玛利亚。"

"可你好歹总该听懂了点吧。"

"没有，"她讲，"一点也没懂。"

行吧，她也情有可原。我该少绕点弯，说话时也得放轻松些，不能那么冲。

暴雨将至。风吹动窗帘。我起身把排风扇关了，又点起一支烟，望着奶奶。她还在生气，用怀疑的眼光瞪着我。我说道：

"这是不可能的爱情，向来都是这样，因为打从一开始就很明显，贝阿特丽丝是不会喜欢他的。我也不晓得，但我总对自己说，这大概就是他痴迷她的原因。这段爱情实在太奇怪了……"

我总觉得我的讲述中带着幸灾乐祸的意味，虽则于我来说这是件痛苦的事，但讲出来时还是会有种邪恶的快感。"故事狂魔"的绰号是真没叫错。

"我还记得，"我告诉奶奶，"他与她初见的那天，他来找我，对我说了几句让我永远铭刻在心的话，我都能一字不差地复述出来。费尔南多是这么说的：'你不知道，安娜·玛利亚，我刚认识了一个多么漂亮的女人。高挑的身材，小麦色的肌肤，乌黑的长发编成辫子披到肩上。她有希腊人的鼻子，明亮的眼睛，高高的眉毛弯成完美的弧度，皮肤就像掺了金子的天鹅绒在闪闪发光。所有这些，再加上她嘴唇上方暗色的细密毛发，使得她的脸看上去阳刚、充满活力，能叫任何一个白人美女相形失色……'"

我顿了顿，惊讶于自己的记忆竟能如此精确。而后我补充道：

"能讲出这样的话，他一定是喜欢得不能再喜欢了吧。你不觉得？"

"你刚说'阳刚'？"奶奶问道，事实证明她不像她表现出来的那样兴味索然。

"对，是的。"

"你这朋友费尔南多是不是自恋啊？"

古怪的问题。我不知该如何作答。奶奶饶

有兴致地挥散着我无意间朝她呼去的烟雾。

"这么说，你可算明白我在讲什么了？"我说。

我想多了。

"一点也不明白。"她笑道。

我也笑了，尽管没咧开嘴，但总算是笑了；事实上，我需要这个。我清楚，她拨了些信任给我。她一定还觉得我在瞎编，但至少不能完全肯定了。我尽量不往她脸上喷射烟雾。

"我希望你明白的是，"我说，"费尔南多遇上了他理想中的女性，多一分则多，少一分则少，这可不是件小事。此后贝阿特丽丝就成了他的暗恋对象。她从不知道这件事，也没人告诉她，就是这样，直到我抵达赛尔勒，看见……你果真不知道我看见了什么？"

"随你吧。"奶奶说。

"我看见，"我自顾自讲了下去，任凭她怎么想，"有跳伞运动员在小镇附近着陆。比利牛斯悬崖跳伞，你听没听说过？"

对方不答。

我给她解释什么是滑翔伞，说那是法西斯主义的变体——法西斯就爱降落在那些宁静的小镇。

我想象着她会叫我岔开话题，但她突然耸了耸肩，就像要说——我猜的——你知道这些有什么用，但这回她的反应让我始料未及：

"你钻进细枝末节里了，只有俗人和菜鸟伞兵才会在那儿停下。快想想你讲到哪儿了，给我退回去。我记得你在给那位名叫贝阿特丽丝的小姐的脸上贴金呢。"

我俩的关系分明缓和了。她不再为我撂下她三天而责备我。可遗憾的是，她依旧对我的故事不以为然。我说的话她显然一个字都不信。她肯定在想，我是跟费尔南多一起到萨洛①共度周末了吧，就这样。但她出人意料的好心情

---

①　西班牙海滨小镇。

还是令我颇感欣慰。这让我记起我刚到赛尔勒时，本以为费尔南多会很焦虑——如果说还没到万念俱灰的地步的话——却见他一脸轻松地迎了上来。

"怎么回事？"我问他，心里有些纳闷，"我还想着你会有什么问题呢，结果你这么神清气爽的。"

正如此刻，空气中正酝酿着一场暴风雨。

"气候原因吧，"费尔南多答道，"我适应了高海拔的地方。"

我们在门口，还没进屋。我突然发现，我总能给他以极大的鼓舞。我可能是这世界上唯一能让他高兴起来的人吧：只有我知道他的秘密，正因如此，真的有事发生了，他也只能对我一人倾诉。

"进来吧，安娜·玛利亚，"他对我说，"看看这有多好笑。贝阿特丽丝和她的新任男友都在大厅。你一定猜不到他是个怎样的人。"

他艰难收敛起他的笑容。

我想到侏儒症患者、扮成潜水员的异装癖、红发疯子、背着球拍的网球手、纵火犯、多毛怪、假装传教士的剧场提词员、股票代理人，以及背上长着三只眼睛五个耳朵的妖兽。我的好奇心被撩到了最高点，就在走进大厅的那一刻，费尔南多冲我耳语道：

"他是撒哈拉人。"

了解贝阿特丽丝情史的人不该感到惊讶。此外这一点也不好笑，我没在其中找到任何笑点。不过既然费尔南多觉得有趣，总比他穷极无聊的好，我更希望他心情舒畅。就这样吧，我告诉自己，因为要说他有什么毛病的话，夸张算得上一个。他凡事都没个度，改也改不过来，所以往往有些粗野、极端，举止失当更是常有的事。他悲伤起来能要他的命——譬如说，为了西班牙，他总觉得它永远沉沦了，只因我们生来便万般无能。他如此为——譬如——

我们过往的政治感到羞惭，甚至有时会因他的夸张倾向而认为自己应该对我国历史上的所有灾祸负责，从而一跃成为——自然而然地——这个地球上最痛苦的人。他的父亲、祖父、曾祖父都是外交官或军人，但这并不能成为他在这方面反应过当的理由。费尔南多就是那种能一天天地沉湎在对耻辱国史的自责中的人，所以——显而易见地——他比任何人都陷得深。

他无法纠正的失当倾向也体现在感情问题上。所谓无节制的爱，说的不就是非比寻常的深情、不求回报的暗恋么？他每每行事过甚。听他说着这些的时候，我就在想，会以这种方式去爱的，大抵都是将爱视作生命的根本，而把性当作一场事故的人吧。在我看来，费尔南多恋上的是爱情本身，所以他才知道那个独门秘诀，得以让它持续终身。

奶奶打断了我的思考。

"方便告诉我你怎么了？"她说道，"地球

把你吃了还是怎么的？是不是忘了之前讲到哪儿了？给贝阿特丽丝小姐的脸上贴金，你不记得了？"

一声响雷。风暴愈发近了。我掐了烟，点燃另一支，说道：

"啊，对，说起她男朋友，你看多奇怪哈，是个撒哈拉人。"

"唷，不会吧。"奶奶语带讥讽。

"你是不是不信我啊。"

"嗯。"她说。

我思忖着，行吧，我继续，我怎么也得继续，于是讲述起我们四人在小镇一家饭店里用餐的场景。我解释说，最开始的时候，应费尔南多的要求，我好好介绍了一下自己，接着就跟大家分享了那个我幼年时代钞票飞天的故事。

"我还记得，"我跟他们说，"我刚出生的时候，家里特别穷，住在乡下的一间小屋里。那晚，窗开着，马上会有一场暴雨。风呼呼地吹。

一个男人进来，手里拿着张纸，上头写了个数字。我妈和我奶奶打开看了看，立马进屋去拿桌上的钞票。但因为门敞开着，产生了一股气流，从外头涌进来的风在房间里肆意回旋，卷走了桌上的钱——字面意思。那是张一千比赛塔的纸钞，付租金用的，可大风夺走了它，钻出窗户，把它掳去了路那头的森林里。我奶奶当即跑了出去，到森林里去寻找那张珍贵的千元纸币。此时我听见雷声隆隆，下雨了，我妈好声好气也低声下气地求男人饶过我们：是风抢走了租金！"

可想而知，我奶奶痛骂了起来。她斥责道，这故事她都听一千遍了，全是胡扯，不是编的就是从哪儿盗来的，太可气了；我也不嫌害臊，到处宣讲这些虚假的东西。

"你还说你小时候穷。你可真行。"她说。

"我没说我穷，虽然我是穷，但你要坚持说不穷……我就不是那意思，我是想营造一种恐怖的氛围：空气中总是飘浮着危险；森林与狂风抢夺了女孩的财物，将从居民家中盗走的钱款埋藏起来，把人们推入绝望的深渊。"

奶奶仍旧火气未消，固执地认为我说小时候没钱就是不想让她好过。而我见她如此愤怒，便称以后我不讲那故事了（我的确也想把它忘了），同时希望她明白，迄今为止，那故事的一大功效就是向别人证明了，我那么害怕出门是事出有因。她显然平静了不少，怨我怎么不早点告诉她。

"众所周知，"我想了结这事，"我不是那种乐意外出的人。可老有人问我为什么。不仅问这个，还问我为什么没有对象，为什么抽烟抽得这么凶。什么都问，也不知道干吗。问一百样。但我都能一一应对。或者说，曾经都能一一应对，因为飞天纸钞的故事不能讲了，我得再想想编个什么理由。不过不管怎样，我肯定是不会再提了，虽说在我看来那故事蕴含着无比伤感的东西，无论用来解释什么都十分好用。"

奶奶——像是要为她的铁腕禁令作些补偿——便叫我讲下去，赛尔勒饭店里的那顿晚宴哪里有趣了。我说，我们喝了好多酒，那撒哈拉人——他叫伊迪尔——一直在营造紧张的氛围：他不说话，只是直勾勾地看着我们，似乎在用眼神谴责在饭店里怎能如此轻浮。而费尔南多——摆出一副东道主的姿态——令本就焦灼的局势愈显紧张（"明天我们所有人都得上阿内托峰啊。"他时不时会提一句，我觉得他的语气中充满挑衅）；整场晚宴就是场彻彻底底的失败。

奶奶又发出了令人恼火的嗤笑声，我都想让她见鬼去了，告诉她，费尔南多死了，昨天我们在赛尔勒把他埋了，今天我难受极了，这都什么事儿啊，我不会过日子了，什么都跟之前不一样了。我想一股脑全说出来得了，犹豫什么，讲完就回屋哭去，想想我这些年对费尔南多的爱，从见他的第一天起我就从没表露过，只有我知道他的位置无可取代，我的心都碎得不成样了。

这会儿我奶奶又局促地抽起烟来了。我意识到，若我冷不丁地道出费尔南多的死讯，很可能会让她已然衰颓的健康雪上加霜。可她不相信的笑容真叫人火大。若能让她停止讪笑，我什么事都做得出来。上帝啊，她怎么就不肯相信我呢。但还是不行，不能硬来，我必须为她做好铺垫。我得慢慢讲，非常非常慢，一切按原计划进行。可我真的很无力——免不了如此——面对这样的嘲讽和怀疑，以及我因撂下她三天而招致的荒唐的不满。

"经常有，"我说，"跳伞运动员降落到这个镇子，其中一个就落在了我的甜点布丁上。"

她瞅着我，仿佛我是个白痴。蓦然间，她像是读到了我灵魂深处的忧伤，问道：

"你爱上费尔南多了，是不是？你以为奶

奶没发觉？可这个费尔南多不是你编造出来的吗？他不是你梦里的人物？"

我努力克制着。我真想大哭一场。我感觉生活失去了意义。我再次受到那个想法的引诱。告诉她吧，费尔南多的死，管它之后会发生什么。说到底，现在还有什么算得上要紧呢？但我终于还是拾起话头，重申道，我们喝太多了，只见费尔南多越来越兴奋、越来越疯狂——凶险的疯狂。

"吃完晚饭，"我说，"我们回到家。我们之间没有太多所谓的融洽。我们生了火。八月里这么做是不是挺神奇？贝阿特丽丝这家伙也真能瞎想，不住地在费尔南多的眼中寻找着对她新男友的肯定。而伊迪尔只是朝我们一看再看。如费尔南多所言，那儿属于高原气候，感觉凉飕飕的，无论从哪个角度来说。费尔南多像是铁了心要驻守在他对贝阿特丽丝孤寂而冰冷的渴望之巅——一把刀子正切割着空气，其刃几乎可见。"

"真没法相信你。"奶奶说，我觉得她就是想生事。

回到伊迪尔。我刚说他一看再看，虽然理论上那应该是带有一定深度的，可似乎他只会做这一个动作。而费尔南多——他保持着白璧无瑕的好心情——也冲对方瞧了又瞧，最后还是他先忍不住了，说：

"我有个问题，伊迪尔，就一个问题，"这是当晚他第一次跟他说话，"看你能不能帮我解答。是这样的：我们为什么要有两只眼睛，既然我们只有一个视像，也只有一个世界？还有：视像是在哪里产生的？眼睛还是大脑？若是在大脑，又是在哪个区域？"

我对奶奶说，费尔南多明显喝醉了，所以伊迪尔只是礼貌地笑了笑。同样明显的是，尽管费尔南多心情还不错，但他随时都可能变成炸药包。一贯迷糊的贝阿特丽丝还浑然不觉，恰恰挑了这样一个时刻来宣布，她和伊迪尔月底就要结婚了。伊迪尔在一旁点头确认，并称婚礼地点就定在皮拉尔圣母大教堂。

"什么品位啊。"奶奶评论道。

我告诉她，这不是主要的，重点在后头——我竭尽所能地给她铺垫——费尔南多越喝越多，神态却变得愈发安详。

"你说你是古巴人吧？错了，错了。是菲律宾人，还是几内亚人？你他妈到底是哪国人？"他问伊迪尔。

后者感觉自己被冒犯了，但也没当回事，抑或他隐藏得很好；不管怎么说，他知道费尔南多喝高了，因此只是和善地回了句，他是撒哈拉人。

"波利萨里奥 ①，对不对？"费尔南多的眼仁

---

① 指波利萨里奥阵线，又称西撒哈拉人民解放阵线，一个致力于争取西撒哈拉独立的政治、军事组织，于 1973 年成立时的目标为反抗西班牙对该地区的控制。

都不在眼眶正中间了。

"当然。"伊迪尔答道。许是为了打破先前的沉默，他又多说了几句，谈到他们民族的悲剧：沙漠中的战斗、痛苦的流亡。

费尔南多最喜爱的话题被双手奉上：令西班牙人羞愧的殖民史。但与以往——对埃尔南·科尔特斯、皮萨罗、阿努瓦勒战役①或是菲律宾战争的天真的抨击——不同，大概这次喝得实在太多了，他对本国古今政治的叹惋听上去尤为感伤。我从费尔南多的话语中嗅到了异乎往常的真诚。我感受到深植于他内心的愧疚与痛苦发出的回响。我震撼了。

而尚无意识的伊迪尔仍在添油加醋——可能只是出于礼貌，他不想忤逆主人——控诉着西班牙殖民统治的各种过错。这恰恰为费尔南多的兴奋提供了更多养料。时间一分一秒地过

---

① 摩洛哥南部的里夫人大胜西班牙殖民军的一场战役。

去，他已将各位祖先的政治过误全揽到自己身上。伊迪尔一次次提到那纸让他祖国卷入战争的三方条约，他每提一次，费尔南多就愈发愁闷地陷进沙发里，觉得自己必须对上述一切过错负责，乃至于某一时刻，他迷失了方向，竟把法国殖民者的恶行也算到自己头上。

"多么令人惭愧的日子，"他说，"我们坐在棕榈的树荫下，羊群在水塘边嚼着树枝，头顶是大漠明亮的星空。多么卑鄙无耻的日子，我们的旅行在老客栈里落脚，痛饮着科西嘉葡萄酒，阅读着《摩洛哥信使报》。"

伊迪尔觉得自己有义务提一句，他是在替隔壁的法国担责了，这跟他说的没有丝毫关系。费尔南多不听；他起身去上厕所，路过我时悄悄指着贝阿特丽丝道：

"谁也没法拥抱她的灵魂。你发现了么，安娜·玛利亚？谁也没法拥抱谁的灵魂。"

他说这话时心如死灰。我琢磨着他是不是

一直在伪装，只为掩饰得知贝阿特丽丝婚礼时的痛苦。从洗手间回来时，他脸色苍白。

"好了，"他对我们说，"还是睡吧。明天还得上山呢。"

炉火旁开出一片高原气候。这该是那晚最紧绷的时刻，也是我最后一次见到活着的费尔南多。他把自己锁在了房里，而我们三个在大厅里又待了会儿，谈及这怪异而有趣的种种。明天就会不一样了吧，我心想。就在此时，传来一声沉闷干涩的枪响。

"费尔南多死了。"有些突然，但也没有办法，我已尽可能地平静，去掉一切戏剧的成分，仿佛它离我很远，仿佛它只是个故事。

奶奶难以置信地看着我。

"行吧，所以你到现在还是不相信？"

"嗯。"她说。

她依然把这当作我粗陋的编造。或她只是更倾向于这么想。

"你真觉得这是我编造的？"我问。

"嗯。"她答道。

我遽然发现，也许这样更好。我决定听命于现状，尽管这同样可怕：我将更加孤单，更加绝望。

"费尔南多，"我已无心讲述，但我希望能完结它，"留下封信，称自己是羞愧而死的，他羞为西班牙人，因不愿继续忍受折磨而自绝性命。可我觉得那不是实话。真有人会为了这个自杀？"

"有的吧。"奶奶道。

"但我还是相信，他竭尽全力地爱着贝阿特丽丝，直到生命的最后一刻，信里的那些话只是为了掩盖他轻生的真相。他至死不渝地爱着她，缄默而无望；他一定不想她感到困扰，所以才把他的情殇伪装成对历史的抵抗。你不觉得吗？"

奶奶不响，倒着她的烟灰缸。我将又一个

烟头投进排风扇。

"你还是不相信我？"我问道。

"我相信你，安娜·玛利亚，我相信你。"

哪怕她将之视为虚构，我的故事也足够吸引她，让她觉得真切确凿。有就是有嘛。作为补偿，我任凭我的真实碎裂解体。

"你确定他是为情自杀的，不是因为内疚？"她说。

"这就得问他了。"

"你就不能问问吗？"

天色阴郁，又听一声惊雷。我关上窗，不让狂风偷走我的故事。

"你就不能问问吗，安娜·玛利亚？"

"这是不可能的。向那个我生命中的男人发问，就好比向一个梦中的形象提问。"

风暴收集者

　　我最好的青春是在意大利北部的贝尔格蒙度过的，在那儿修了两年艺术品，恰好有机会结识了那个素来让我觉得非同凡响的男人：瓦尔泰利纳伯爵阿提里奥·拜塔勒利。当地人都叫他"佣兵队长"，而我自从那次会面后——我拜访了他位于上城的府邸——便一直称他为"那位师父"，或者更确切地说"大师"，没有冠词，首字母大写（他当之无愧），而今我将继续这么称呼他，因为我决定——在我最后的日子里——重拾那段记忆，回到那个秋日的傍晚：我应邀来到上城，一睹他陆续纳入地下室的新宝贝；地下室里还躺着他亡妻——于年初过世的美丽的维岑——的遗骨，那年，狂风暴雨侵袭着同样美丽却格外骇人的贝尔格蒙。

上城，亦即旧城，建于石山之上，可纵览新城全景：那是属于商人和手工艺者的下城，一组可悲而且俗气的建筑群。而在头顶——神秘而壮观的上城，意大利黑暗的中世纪仍存活在由错综的街巷织成的迷宫里。关于这岿然屹立的上城，我曾在某个短篇中写道——距今已有一段时间了——它沉默而可畏，好似老迈无业的佣兵队长。无疑我是想到了大师，他就居住在上城阴森陡峭的窄巷（这样的窄巷有千百条）同样阴森的府邸之中，自从美人维岑——年轻的巴伦西亚舞者、美丽的维岑——永远地离开他后，他便将自己锁在了极致而绝对的孤寂里：他辞退了所有仆役。

妻子过世后不久，大师让人用拉丁语在府邸大门上刻下一条令他所有故交——只有在大

237

清早买菜时他们才能短暂地见到他——都摸不着头脑的铭文。他们觉得这位佣兵队长大概是绝望过头，或者就是疯了，因为它是这么写的："画的左半边就快完成了。"每当有人问及这段文字，大师总会加快采购速度，吹着一首悲歌匆匆消失。

"你门上那段话到底什么意思？"那个秋夜，我刚跨过他阴森宅邸的门槛便忙不迭问道。我敢这么问是因为整个贝尔格蒙他只信任我一人（"在地下室里看见的东西不要告诉任何人。"），这给了我些许信心和力量。

"来呀，先进来。"大师只是投来个微笑。

事实上我还有个紧迫得多的问题要问：受邀见证他地下室珍藏的缘何只有我一人。但话到嘴边，大师阖上大门，问我几点了。

"你也清楚，"我说，"我从不戴表。但应该七点左右吧。我觉得我是准时到的。"

他神秘地笑了笑。

"嗯，确实，"他说，"我当然知道你不戴表。来吧，跟上，那幅画就在厅里。"

他指着两根栎木间的一块画布，那两根木柱就位于壁炉与瓦尔泰利纳家族徽章的两侧。徽章下方刻着——一样用的是拉丁语——那句古怪的家训："我们永远追寻时间静止的彼端。"画布上描绘的则是地下室的景致：美人维岑安睡在墓穴内，旁边另有一个墓穴，穴口开着，内里是空的，只待某一天大师躺入其中。

成双的墓穴，挑高的地下室，非常壮观，对此我很清楚，因为我参加了美人维岑凄楚的葬礼。在画的左侧，可以看到年轻妻子的遗体——像被无数根细丝系缚着，放出夺目的光芒；右侧则是那留给大师的空墓穴。

"左半边快画完了。"他说。

这时我才发觉，画的右半部分离完成尚有段距离。

画中的地下室里，一个法老装束的守卫——

看轮廓像是女性——形容肃穆，岿然不动。我有些惊慌——那个人太像我了。

"这是谁啊？"我问。

"这么说吧，"大师未加思索地答道，"时间的永恒。时间静止的彼端。"

"她也没戴表啊，"我笨拙地开着玩笑，"这点倒是和我挺像。"

大师没作答。我们在壁炉旁的扶手椅上坐下，傍着他的家徽，以及他说不出几日便能完成的那幅画。

"在参观地下室的新宝贝之前，你得向我发誓——再说一遍——谁都不晓得你来这儿见我。"

"嗯，我发誓。"我说道。

说着我就害怕了，瞬间浮想联翩。若大师是个杀手，想把我永远关在地下室怎么办？我忽然想起了某个鬼故事，一个女孩和一个男人被锁在一个无法从里面打开来的墓室里，男人说，我俩被困在这儿了，而女孩讲，不是我俩，只有你，话音刚落，她便穿过大门消失了。

"提个问题，"我问道，"为什么只让我参观那些宝贝？"

大师在扶手椅上左挪右蹭，用他怪异但亲切的眼神凝望着我。这让我回到现实：大师无论如何都不可能是个杀手。

"不知你是否听得明白，"他解释道，"我有这么个理论……"

他说，在他的观念里，上帝死后，人类仍时时能感受到被看顾的需要。

"所以我们才——"他说道，"在毫无必要的情况下创造出各种守卫。你符合我的所有要求，来作为我的行动，以及我在爱的地下室里的筑造的唯一见证。你平凡而可敬。是的，既平凡，又不可或缺：我需要一个人的平实目光，他懂得欣赏我地下室里的作品。"

他又往壁炉里投了两根柴火，补充道：

"懂得欣赏它，又不至于恐慌。懂得欣赏

它，又能将它永久看护。这样才请的你。"

我没听太明白，但他的词句——在炉火边——显得那么美，尤其是"永久"一词，我不知怎的就将它与自己、与时间静止的彼端联系在了一起；我尚不清楚它确切的含义，但我相信，那会是某种（我对自己说）激动人心的东西。

"在下到地下室之前，"大师又说道，"我希望你能了解，我三十年前设计的闹钟是怎么运作的。那是个异常简洁的发明。你知道，我发明的东西大都复杂，但那闹钟的运作机制却出奇简单。"

他顿了顿，眼看炉火越烧越旺。

"你想必纳闷，我为什么要跟你解释闹钟的运作原理。是这样：在我看来，若你理解了它的运作，势必就能领会我地下室新作的奥秘。我得先说好，我这新作挺滑稽的，那闹钟也一样——死亡又何尝不是如此？对我来说，死亡就是一台滑稽的闹钟，你不觉得吗？"

我不发一语。一个什么都没听懂的人要怎样做才好？

"有段时间，"他说了下去，"我睡得很沉。什么闹钟都试过，怎么都叫不醒。于是我不得不用滑轮、连杆、秒表和其他一些玩意儿为自己制作出一台闹钟。它是这么工作的：首先是铃铛发出巨大声响；若不奏效，它会自动扒下嗜睡者的睡衣，同时掀起床垫，将他翻倒在地；若他还没醒过来，机器会一把拽下他的睡帽，怼着他鼻尖翻出块牌子，勒令他立即起床；如果这样他还负隅顽抗，他面前的水袋会自行爆炸，这既是叫醒也是洗漱，随后，在一首那不勒斯情歌的伴奏下，一杯香醇的咖啡会被立时奉上。"

"干得漂亮。"为了不像傻瓜似的愣在那儿，我随口说了句。

于是他开始向我描述那结构是多么多么高

效，多么多么简易（都是他在自说自话）：这台由滑轮、条骨、秒表、垫圈、以太锥、不透镜、灯泡、弦轮、聚焦室、铜环、镜面、磁针、磁扣以及其他零件组成的完美的闹钟，能够自动运行从摇响铃铛开始的每道内设程序；只要没有人按停，最终这台杀千刀的机器就会在那个不可救药的嗜睡者脸上扣下瓢泼大雨。

"而在地下室里，"他的语气愈发神秘，"我想做的是，把那场滑稽的阵雨换成能将躺在空墓穴里的人一击致死的精准闪电。先前的水钟已属回忆，或者更准确地说，属于往昔的风暴唤来的电场，要将地下室唯一活着的主人置于死地——他将被亲手所造的闪电劈成两爿，以完成那幅画的右半部分。"

我应该是把所有的困惑都摆在了脸上，因为他说：

"看来你是什么都没听懂了，这也正常，我们还是下去吧。见了我所建造的东西，你大概就能理解我的计划：我打算如何生成闪电，自我献祭。"

大师从扶手椅上起来，到旁边柜子里取了两顶头盔、一把结实的钥匙，并将后者插进了地下室拱门的锁孔。为激活秘钥，他左手摇晃着一个奇怪的物件——据他称，那同样源自他的创造：一个透明的阔口瓶，用一块穿有金属管的大软木塞着，其惊人之处在于，瓶子里有十种发光的化学盐在闪烁（只要突然进入最绝对的黑暗）——对此他无比骄傲，继而告诉我，它们就像魔幻的水晶，在视觉效应的巧妙作用下，正极其忠实地呈现着本世纪的十大风暴。

"对于风暴，"他道，"我自认有所了解。很长一段时间里，我致力于给在莱比锡、德累斯顿、米兰、贝拉焦、布雷西亚和肯波迪蒙特的友人写信，请他们描述当地近期的风暴。这些被淋成落汤鸡的编年史家均已过世，但此番努力并非徒劳：感谢他们精准、无私、细致、热心的来信，此刻的我才得以确定，任何两场风暴都不尽相似，它们是绝无仅有的；同样要感谢他们慷慨的叙述，十场精挑细选的风暴已能被奇幻的盐晶完美演绎；当我的时辰临到，也就是我完成地下室发明的那一刻，它们将以空前绝后的终极闪电送我走向美丽之死亡。"

见秘钥转动、大门开启，他命我戴上钢盔。起初我以为那是用来预防地下室事故的，却发现它形状古怪，顶端有个可动的圆孔，有极强的磁性，时不时还会发出隆隆的雷声。它并非为了安全而设计，而是为了指路。在他所谓的致命闪电告竣之前，若发生短路，这顶头盔便可为他指引方向。

待我将头盔佩戴停当，他请我小心随他绕旋梯而下。栏杆是不足信的，不时突然中断，露出吓人的高高的悬崖。我不得不瞪大双眼，心跳加速，被动地和着雷声断断续续的激烈鼓点。

护栏上，惊惧的我见到了那条用荧光文字写下的瓦尔泰利纳家训："我们永远追寻时间静止的彼端。""时间"一词上方有个猩红的按钮，一经按下（我应大师的要求这么做了），一条锯齿状的明亮火光——假的——便会划破穹顶，直抵避雷针——同样是假的——的尖端；又一场视觉的幻象。而当蜃景终结——只在转瞬之间——一阵模拟旋风便会将乌云吹至地下室尽头，雷声忽就远了，天空——穹顶虚幻的天空——像是晴朗起来；三秒钟内，一轮圆月——作为对美人维岑的故乡巴伦西亚的月光的谵妄致意——将会朗照在这举世无双的葬礼堂的至高点。

经过一番艰险但满怀期待的下降，我们落在了美人维岑的墓前，大师讲述起他是如何乖僻而耐心地将地下室打造成迷幻的舞台——堪称完美之作；待其彻底竣工——估计还差两三个礼拜——他便能躺进维岑旁边的墓穴，假装已死，任谁都无法唤醒，然后他将按下按钮，启动他尽善尽美的发明，激活那串魔鬼般绚烂的电磁反应，营造出最后的奇景：本世纪十场至为凶猛、至为激烈的风暴互相交叠，在那不勒斯曼妙的情歌中，以席卷八荒之势一并袭来，它们与透明瓶中的迷你气旋表里呼应，映照出他苦寻了数月的致命收场、终末的结局：那道渴求良久的闪电将把它制造者的灵魂猛地击穿，而后将那块巨石棺盖永远合上。

"而我将监督这一切。"话一出口我便捂紧了嘴，意识到自己说了蠢话。

"走，上去吧。该看的你都看了。"大师的语气温柔而亲切。

当两人沿着险峻的旋梯拾级而上时，我打了个喷嚏。应该是在地下室里伤风了。

再次回到壁炉边，大师问我是不是着凉了，我告诉他不必为此抱歉，尽管那光怪陆离的地下室确实与炉火热旺的大厅有着天渊之别。

"每个秋天都这样，"大师道，"野鸭走了，细菌来了。"

随后他向我说起，有些埃及木乃伊会出现肺炎、支气管炎和其他一些普通感冒的症状。

"你看这样会不会很有意思，"他评论道，"为美丽的死亡做了大量准备，结果一场简单的伤风却让我丢了性命。"

我们都笑了，他笑得尤其欢畅：这样的假设实在太好笑了。接着他谈起避雷针的发明者、本杰明·富兰克林之死：此人觉得睡觉时敞着窗有益健康，能增强肺功能，因而毕其一生都被感冒所困扰，但即便这样他仍坚持开窗睡觉；不仅如此，他还养成了早起的习惯，每天都要在书桌前——顶着风，夏天一小时，冬天半小时——全裸工作，结果身体当然越来越糟；他晚年一直是在床上度过的，却还固执地开着窗，最终因严重的肺炎一命呜呼。

"可怜的富兰克林。"我们又笑了起来。

我晓得那台巨型闹钟——可能叫丧钟更为合适——完工之时他就会自绝性命，当然备感神伤；可见他如此醉心于那项发明，我又很难去阻拦他的自杀计划。

晚上九点，我离开他上城的宅邸，心紧缩着，向驶往下城的缆车走去；我和一位女友——也是文物修复师——住在那儿，但阴暗府邸中的所见我没有向她透露丝毫。过了一周，大师不再于习惯的时间出现在市场。一连三天都没出现，他的朋友们闯进他家，想下到地下室，发现大门敞开着。他们在一片风雨交加和电闪雷鸣中找到了大师的遗体。一切迹象表明，他在为一块秒表安装垫圈时心脏病突发。

大师没来得及实现他的伟大计划。死亡——总那么滑稽荒唐——在作品完工之前偷袭了他。整个贝尔格蒙都为他致命地下室的壮观景象所震撼；我们将他安葬其中，那是那年十月的最后一天，巴伦西亚的明月高挂于晴空，美人维岑的遗体安躺在旁。次日，米兰一家报纸不动声色地揶揄道："该人死于自杀准备。"而我觉得，大师若读到这条新闻，一定会觉得它蠢得可笑，就像死亡本身。

我们就别再搞文学了吧

我们就别再搞文学了吧。我随信（或明天）寄给你——挂号件——我的诗歌本，你存着，想怎么用就怎么用，就跟你是我一样（……）别了。明天要是弄不到足量的士的宁，我就去跳地铁……别生我的气。

——马里奥·德·萨—卡尔内罗 [①]

（1916 年 3 月 31 日致佩索阿的信）

[①] Mário de Sá-Carneiro（1890—1916），葡萄牙小说家、诗人，1916 年于巴黎自杀。

252